C0-DVS-819

新潮文庫

剣客商売十四 暗殺者

池波正太郎著

新潮社版

1969

目次

剣客商売十四

暗殺者

浪人・波川周蔵《なみかわしゅうぞう》

「いかがでしょう、先生。今度のたのみは大きいから、五十両ほどさしあげますが……」

「ふうむ……」

「いかがです?」

「なるほど……大きいな」

「ともかくも、ここは、先生に出ていただかぬと、どうにもならないので……」

「さて、なあ……」

「何しろ、相手が強すぎます。油断も隙《すき》もないやつなので……」

「さほどに強いやつが、世のため人のためにならぬ悪事をしているというのだな」

「ですから、こうして、おたのみをしているのじゃあございませんか。いえ、これは先生も御承知のように、この殺しのたのみが何処《どこ》から出て、私のところへもち込まれたか、これは稼業《かぎょう》の掟《おきて》によって、申しあげるわけにはまいりませんがね。殺しの相手が、どんなに非道なやつか、先生が当ってごらんなされば、すぐに、わかることでございますよ」

「ふうむ……」

「殺しの下ごしらえは、こっちでやります。いかがなもので？」

「さて、なあ……」

「また、さてなあですかえ。いつも、それなのだからねえ」

「その相手……」

と、いいかけて、〔先生〕とよばれた男が苦笑を浮かべ、

「いや、これは尋ねても仕方がないことだ」

「ま、ゆっくりと、あがって下さいよ、先生」

こういって、五十五、六に見える小柄《こがら》な老人が先生の盃《さかずき》に酌《しゃく》をした。身なりは町人のものだが、一見、このあたりの百姓のようにおもえるほど質素なものを身につけている。白いものがまじった髪をきれいにととのえ、切長《きれなが》の両眼《りょうめ》は優しくやわらかい光りをたたえてい、品のよい、小柄な老人であった。

先生とよばれた男は坐《すわ》っていても、小柄な老人を見下すほどの巨体で、あきらかに浪人体なのだが、総髪《そうがみ》を櫛《くし》の目あざやかにゆいあげ、これも質素な身なりではあるが

少しも垢《あか》じみたところがない。

濃い眉《まゆ》の下に、木の実のように小さな眼がまたたいている。ふとい鼻の、その左の小鼻傍《わき》に大豆の粒のような黒子《ほくろ》が一つ。齢《とし》のころは三十五、六。

「いかがです、先生。五十両でございますよ」

また、老人がさそいをかけた。

「元締……」

先生なる浪人は、老人をそうよんで、

「何やら、今度は焦《あせ》っていなさるようだな」

「そう見えますか?」

「見える」

「ですから、先生。このように、いつになく、執念深く、おたのみしているので……」

「いかぬ。いまは、だめだ」

「五十両……」

「金で釣《つ》ろうとは、元締らしくもない」

「こりゃあ、どうも、恐れ入りました」

「いま、私は、金がほしくない。金ならある」

「そうでもございましょうが、そこを……」

「いま、私は、子供と遊ぶのがたのしくてなあ」

「おいくつに、おなりで？」

「四歳」

「そりゃあ、可愛《かわい》いさかりだ」

「住居《すまい》も替えたし、いまの私は、別人になった気でいる」

「どうしても、だめでございますか？」

「いまのところは、な……」

老人は沈黙した。

ここは、目黒不動・門前の〔山の井〕という風雅な料理屋の離れ座敷である。

一

その日の朝。

秋山小兵衛《あきやまこへえ》は、牛込の早稲田《わせだ》町にある町医者・横山正元《よこやましょうげん》の家を出て、隠宅への帰途についた。

小兵衛は前日に、おはるへ、

「今日は、正元さんのところへ泊って来るから、そのつもりでな」

いい置いて、隠宅を出て来たのである。

自分より年上ながら実の弟のようにおもっていた老剣友・内山文太《うちやまぶんた》の死については〔夕紅大川橋《せきこうおおかわばし》〕の一篇にのべておいたが、あの事件が切掛けとなり、内山老人の孫のお直《なお》と横山正元が夫婦になったことは、さすがの小兵衛も、

（おもいおよばぬこと……）

であったといえよう。

内山文太の死によって受けた衝撃は大きく、しばらくの間は、小兵衛も外出《そとで》をやめ、隠宅へ引きこもってばかりいて、おはるや、息《そく》・大治郎《だいじろう》夫婦を心配させ、小兵衛もまた、冗談ともつかぬ口調で、

「おはる。こりゃあどうも、近々《ちかぢか》、わしも文太さんのところへ行くことになるやも知れぬなあ。昨夜も、文太さんが、夢に出て来てな……」

「いやですよう、そんな……」

「こっちは気楽で、いいところだから早くおいでなさいと、わしを手まねきするのじゃ」

「そんなことするはずがねえですよう、あのお人が……」

「いや、ほんとうだ」

こんなぐあいだったので、おはるは、小兵衛の正元宅訪問を、大いによろこび、みやげものをととのえた。

来るときは町駕籠《まちかご》だったが、

「帰りに、久しぶりで、雑司ケ谷《ぞうしや》の鬼子母神《きしもじん》さまへ詣《まい》ってみようとおもう」

こういって、小兵衛は、遅い朝飯を馳走《ちそう》になってから、正元夫婦に別れを告げた。

（よかった。お直は正元さんの女房になりきっていたわえ。血色もよく、見ちがえるほどに肥えて……あの様子なら、正元さんの子を産めるやも知れぬ）

穴八幡《あなはちまん》から高田《たかた》の馬場の方《かた》へ向って歩みつつ、

（文太さん。先《ま》ず、こんなぐあいじゃ。安心をして、成仏《じょうぶつ》をするがいい）

胸の内に、よびかけた。

すでに、師走《しわす》（陰暦十二月）に入っていたが、この日は薄曇りの、まるで春のような暖かい日和《ひより》になった。

秋山小兵衛は例によって、愛用の軽衫《かるさん》ふうの袴《はかま》をつけ、薄く綿を忍ばせた羽織を着ていたが、歩いているうちに汗ばむほどであった。

腰には、波平宣安《なみのひらのぶやす》一尺六寸一分余の脇差《わきざし》のみを帯し、竹の杖《つえ》を手に、小兵衛はゆっくりと歩む。

穴八幡、高田の馬場……と、このあたりは、秋山小兵衛にとって忘れがたい記憶を

もつ土地《ところ》で、見おぼえのある、あたりの風物へ目を移しながら歩むうち、

(文太さんよ。わしもこれで、もう少し、この世にいられるような気分になってきたわえ。なれど、さして長くは待たせぬつもりじゃ)

亡《な》き内山文太へ、胸の内で語りかけつつ、小兵衛は高田の馬場の西側の坂道を北へ向って下って行く。

高田の馬場は、むかし、かの赤穂《あこう》浪士の一人、堀部《ほりべ》安兵衛《やすべえ》が若きころ、義理の叔父の助太刀をして、村上兄弟・中津川某と決闘をした場所だし、小兵衛もまた、果し合いをしたことがある。

坂を下り切れば姿見橋《すがたみのはし》で、それからさらに坂道を北へのぼれば雑司ケ谷だ。

(このあたりは、むかしと少しも変らぬようじゃ)

小兵衛は足を停《と》め、坂道の左側の小さな寺を見やって、

(たしか、ここは七面堂《しちめんどう》であったな)

高田の七面堂は、亮朝院《りようちようぃん》という日蓮宗《にちれんしゆう》の寺の境内にあり、本尊の七面大明神の像は、身延山《みのぶさん》のそれと同木にして同じ作であるという。

(ついでのことに、詣って行こうか)

小兵衛が木造の門をくぐろうとしたとき、背後で、男の低い叫び声がした。

(おや……?)

振り向くと、亮朝院の向うの枯木立の中から男が三人、飛び出して来るのが見えた。

三人とも、浪人ふうの男たちだったが、そのうちの二人が大刀を抜きはらい、素手の浪人をはさみこむようにして、じりじりと、高田の馬場の方へ移動しつつあるではないか。

（ほう……）

好奇心の強い秋山小兵衛が、こうした場面を見逃すはずもない。

素早く、木蔭《こかげ》へ身を寄せつつ、近寄って行った。

ときに四ツ（午前十時）ごろであったろう。

姿見橋の方から坂をのぼって来た百姓の老夫婦は何も気がつかぬままに小道を左へ曲がって行った。

三人の浪人は睨《にら》み合いつつ、木立の向うの窪地《くぼち》へ入って行く。

小兵衛は、木立の中へ飛び込んだ。

抜刀している二人の浪人は袴をつけて、風采《ふうさい》も悪くない。

素手の浪人は着ながしであったが、小兵衛が見れば、

（これは、よほどに鍛えぬいている……）

たちまちにわかるほど、見事な筋骨をしていた。

大小の刀を帯していながら、あえて抜こうとはせず、素手で二つの白刃《はくじん》に相対して

いる。

それはつまり、抜刀の浪人たちと争う意志がないことになる。

しかし、抜刀の浪人たちの腕も相当なものだと、小兵衛は看《み》た。

一人は素手の浪人の正面に相対し、大刀を正眼につけているが、一人は刀を脇構《わきがま》えに移し、腰を落して右へまわり込もうとしている。

素手の浪人が低い声で、

「どうあっても、名乗らぬのか」

と、いった。

その声が、はっきりときこえるところまで、秋山小兵衛は近寄っていた。

小兵衛が身をひそめている木蔭の下に、窪地がひろがり、素手の浪人の左の横顔がよく見えた。

その左の小鼻に、黒子《ほくろ》がついている。

(はて……あの、素手の浪人を、どこかで見たような……?)

小兵衛が、そうおもったとき、素手の浪人の右手へまわり込んだ抜刀の浪人が、

「かあっ……」

痰《たん》を吐くような気合声を発し、猛然と斬《き》りかかった。

二

その瞬間に、三人の浪人の躰《からだ》が縦横に飛び交った。

飛び交ったかとおもうと、はじめに斬《き》りつけた浪人が、よろよろと後退し、

「むう……」

唸《うな》り声を発し、崩れるように片膝《かたひざ》をついたのである。

別の浪人は走り寄って、これを庇《かば》いつつ、刀を構えた。

素手の浪人は、もはや素手ではなく、大刀を抜き合わせている。

抜き打ちに、斬ってかかった浪人の右股《みぎもも》を斬りはらったのだ。

二人の浪人は、

(とても、かなわぬ……)

と知ったのであろうか、物もいわずに、じりじりと後退しはじめた。

黒子《ほくろ》の浪人は、大刀を引っ提げたまま、追おうともせず、後退する二人を鷹《たか》のように鋭い眼で見つめている。

二人は、窪地《くぼち》から脱《ぬ》け出し、細道を横切り、高田の馬場へつづく木立の中へ逃げ去った。

ひとり残された浪人は、懐紙で刀にぬぐいをかけつつ、ゆっくりとあたりへ目を配った。

そして、その両眼の鋭い光りが、しだいに消えてゆく。

秋山小兵衛は木蔭《こかげ》でくびをすくめたが、その途端に、

（あ……そうだ）

おもい出した。

浪人の顔を、前に見かけたことをである。

たしか、今年の春ごろに一度、夏になってから一度、小兵衛は息・大治郎の家の近くの真《ま》崎稲荷社《さきいなりしや》の門前で、この浪人を見ている。

小兵衛は大治郎宅へ行くと、孫の小太郎《こたろう》を抱き、真崎稲荷のあたりまで出て行き、大川（隅田川《すみだがわ》）の景観をながめつつ、時をすごすことが多い。

浪人も、四、五歳の愛らしい童女の手をひき、真崎稲荷の前を、ぶらぶらと歩んでいた。

そのとき、小兵衛と黒子の浪人は、たがいに顔を見合わすともなく見合わせ、軽く会釈《えしやく》をかわしたのであった。

（可愛《かわい》い、お子じゃな。この近くに住んでおられるらしい）

と、小兵衛は看《み》た。

浪人は着ながしで、小兵衛同様に脇差《わきざし》一つを帯しているのみであった。どう見ても、遠くから来た様子ではない。

そのときも小兵衛は、浪人の体格を見て、

(槍《やり》か、刀か。いずれにせよ、かなりの修行を積んできた躰だ)

と、おもった。

浪人の、左の小鼻傍の黒子も、そのときにはっきりと見ていた。

さて……。

浪人は、窪地の向うの雑木林の中へ姿を隠しつつあった。

(何やら、おもしろそうな……どうして、曲者《くせもの》どもの後を追いかけなかったのか？)

それが、小兵衛の好奇をさそった。

あれほどに凄《すご》い腕前をしているのだから、二人を追って斬るなり、捕えるなりすることは、

(わけもない……)

はずなのだ。

しかし、あえて追おうとはせず、しかも、後に残って慎重に、あたりに警戒の目を配りつつ、姿を消そうとしている。

これは、いったい何を意味するのであろうか。

浪人の姿が雑木林の中へ没した。

窪地をへだてて、これを見ていた小兵衛は、

(われながら物好きなことだが、後を尾《つ》けてみようか……)

おもったが、しかし、

(いや、あの男ならば、かならず気づいてしまうにちがいない)

あきらめざるを得なかった。

いずれにしても、他人《ひと》のことなのである。

(それにしても、剣は、どの流儀を修めたのであろう。わしにも見当がつかぬ)

二人の相手と飛びちがい、身を沈めて抜き打ったときの早わざは、小兵衛なればこそ見きわめたので、なまなかの者の目にはとまらなかったろう。

むろんのことに年少のころから、しかるべき流儀をまなんだにちがいないが、その姿をとどめぬまでに、剣を自分独自のものに、こなしきってしまっている。

これは、まさに、何度も真剣の勝負をおこなってきたからに相違ない。

生死をかけた実戦によって、彼の剣は磨《みが》かれ、身についたのだ。

いまは、徳川将軍の威光の下に、約百七十年もの間、日本に戦乱は絶え、武器による私闘は禁じられているというのに、あの浪人の剣は、

(何人もの血を吸ってきた……)

と、小兵衛は看た。

この日、隠宅へ帰る前に、大治郎の家へ立ち寄った秋山小兵衛は、件《くだん》の浪人の顔貌《がんぼう》や、手をひいていた童女のことを語り、

「こころあたりはないか?」

大治郎に尋ねると、

「ありませぬな」

三冬《みふゆ》も同じだと見え、かぶりを振って見せた。

「父上。その浪人が何か?」

「いや、わしには関《かか》わり合いのないことなのだが……」

よく眠っている孫の小太郎を膝に抱いた小兵衛は、一応、目撃したことを大治郎夫婦に語り、

「いずれにせよ、いまどき、めずらしい剣をつかう。それで、ちょいと気にかかってのう」

「ははあ……」

「ときに大治郎。田沼様に、お変りはないかえ?」

「御用繁多にて、ちかごろは、道場のほうへもお見えになりませぬ」

「そうか……」

いいさして、小兵衛がちらりと三冬へ視線を移した。

三冬は、微笑ともつかぬ微笑を浮かべたが、小兵衛へ一礼してから台所へ去った。

三冬の父、老中《ろうじゅう》・田沼意次《おきつぐ》の威勢は、依然として、おとろえを見せぬようにおもえる。

つい先ごろには、意次の長男・意知《おきとも》が〔若年寄《わかどしより》〕に昇進をした。

若年寄といえば、幕府閣僚の内でも、老中につぐ高位の役職であり、幕府の諸役人と旗本を統轄《とうかつ》する。老中が〔執政〕というなら、若年寄は〔参政〕といってよい。

田沼意知が、このような高位に就けたのも、すべては父の意次が権勢をふるって幕政を牛耳《ぎゅうじ》っているからだと、世の人びとはいう。

天下の政事《まつりごと》をおこなうものが悪評をこうむるのは、世の常であろうが、それにしても老中・田沼意次に対する評判は以前よりも更に悪くなってきている。

日本諸国の凶作、大飢《だいき》饉《きん》は今年もひどいもので、田沼老中が一昨年に着手した印旛《いんば》沼《ぬま》の干拓工事も、順調にすすんではいないらしい。

田沼意次は、妾腹《しょうふく》の子ながら、もっとも慈愛をかけている三冬にもなかなか会う機会がない。意次は昼も夜も政務に没頭し、不穏な政局を落ちつかせるために頭を悩ましているのではあるまいか。

「静《しず》、せっかく、此処《ここ》へ引き移ってまいったばかりなのだが……」

いいさして、浪人は手にした大ぶりの盃《さかずき》を妻の前へ出し、酌《しゃく》を受けながら、

「また、何処《どこ》ぞへ引き移らねばならなくなった」

自分に、いいきかせるかのようにいった。

三

この日、高田の馬場に近い窪地《くぼち》で二人の浪人を追いはらった、あの浪人である。

ここで、浪人の名を告げておこう。

名は、波川周蔵。年齢は三十六歳。

周蔵の妻・静は三十歳で、ひとりむすめの八重《やえ》が四歳であった。

八重は、すでに奥の部屋で眠っている。

周蔵は昼すぎに帰宅したが、それからずっと、机の前で物おもいにふけっていたのである。

こうした夫の姿を、静は見慣れていた。ふだんも無口な夫であったし、静もまた、無口なのである。

無口どうしの夫婦の、無口な日常の安らぎは、この夫婦のみが知るところであった

ろう。

静も夫と同様に、浪人の子に生まれた。

夫婦となったのは五年前のことで、そのとき静は、病身の父を亡《な》くしたばかりであった。

波川周蔵は、静の家のとなりに住んでいた。家は表通りの蠟燭《ろうそく》問屋〔加嶋屋金五《かじまやきんご》郎《ろう》〕のもちもので、二間《ふたま》だけの小さなものだったが、厠《かわや》がついているだけでも裏長屋よりは増しで、周蔵は独り身ながら、小ざっぱりと暮していた。

こうした環境ともなれば、静がつくる惣菜《そうざい》などを、父が、

「おとなりの波川氏《うじ》へ、もって行ってあげなさい」

と、いうし、波川周蔵もまた、その返礼として菓子の箱などを持って来るというわけで、となりどうしの淡々としたつきあいがあった。

静の父も無口で、父と周蔵が黙り込んだまま向い合い、しずかに茶をのんでいる姿を、静は、はっきりと記憶している。

父は、周蔵のことを、こういっていた。

「いまどき、めずらしい人《じん》じゃ。浪人の汚れが少しもついておらぬ。御先祖は土佐〔四国〕の高岡というところで、戦国のころは、小さいながらも一城の主《あるじ》であったそうな」

静の父は、信州松本六万石・戸田家の浪人で、主家をはなれるについては、何やら深い事情があったらしい。

静が十六歳のころに病歿《びょうぼつ》した母が、

「お父様は、何人もの御家中の代りに責任《せめ》を負われ、いさぎよく身をお引きなされた」

そのようなことを、洩《も》らしたことがある。

亡母もまた、無口なひとであった。

いずれにせよ、わずかながら、旧主家の戸田家から父へ手当が出されていて、貧しくとも暮しに困るようなことはなかった。

波川周蔵のほうも、ときには五日も六日も泊りがけで、

「剣術を教えに……」

何処かへ出かけることがあっても、さして暮しに追われる様子はなく、

「国許《くにもと》の家が、ゆたかなのであろうよ」

父は、そういっていた。

双方のつきあいは深まらず、さりとて疎遠《そえん》にもならなかった。

やがて、静の父が病歿すると、波川周蔵は葬式のすべてを取り仕切ってくれたが、

「静どのは、これより、いかがなされる?」

或《あ》る夜、突然に訪ねて来て問うた。

「はい。国許に縁者がないこともございませぬ。父の骨を持って、信濃《しなの》へまいろうかと存じます」

「さようか。それならばよろしいが……私と共に暮す気にはなりませぬかな？」

「は……？」

咄嗟《とっさ》のことで、周蔵の言葉が何を意味しているのかと、戸惑ったけれども、周蔵はいつものように淡々と、

「私と夫婦《めおと》になりませぬか、いかが？」

「あ……」

おもってもみなかったことだが、ふしぎなことに、静はおどろかなかった。

二年間の、淡いつきあいのうちに、無意識のうちに、双方の心が通い合っていたのであろうか。

静は、承知をした。

幼いころに江戸へ出て来た自分が、いまさら、国許の親類とやらをたよって行っても結果は知れている。

父は、

「大丈夫じゃ。わしは悪事をして主家を出たのではない」

いいのこして死んだが、父が死ぬと、戸田家の江戸屋敷から五十両もの弔慰の大金をとどけてよこしたが、

「当家との縁《えにし》も、これまでとおもっていただきたい」

とのことであった。

くわしい事情はわからなくとも、父の親類だとて同じようなものではあるまいか。

むろんのことに、それだから波川周蔵の妻になったのではない。

なによりも静は、周蔵の無口を好ましくおもっていたのだ。

無口に慣れた二人だけに、黙って向い合っていて、少しも気まずいおもいや退屈をするところがない。

(私のような、一片《ひとかけら》の愛想もない女を、もらって下さるのは波川さまなればこそ……)

だろうと、静はおもった。

(波川さまも、無口なお方ゆえ、私にも、つとまるやも知れぬ)

静の容貌《ようぼう》は別に美しくもなければ、醜くもない。

父母に、そうして育てられた所為《せい》でもあろうが、一日中、黙って縫い物をしたり、庖丁《ほうちょう》を手にしたりしているだけで、静は満たされている。

黙って、落ちついて、おだやかな気分で家事をしていると、胸の内が明るくなって

くる。

静は、病身の父母を見送ることが、自分の一生のつとめであると決め、結婚なぞ考えてみたこともなかった。

また、静へ縁談が持ち込まれたこともなかった。

こうして静は、亡父との暮しが引きつづいておこなわれるように、自然に波川周蔵の妻になった。

戸田家が、とどけてよこした金五十両を波川周蔵へわたそうとするや、周蔵は、

「その金は、静どのが持っていなさい」

と、いったのみだ。

静もまた、素直に、夫のいうとおりにした。

夫婦の暮しは、双方の、ごく簡潔な言葉のやりとりで用が足りた。

波川周蔵は、静と夫婦になって間もなく、本所《ほんじょ》三ツ目の家から、浅草・新鳥越《しんとりごえ》へ引き移った。

永久寺という寺の裏手の、菜園と木立に囲まれた三間ほどの家で、これは永久寺の先住（先代の住職）の隠居所だった家である。

この家で、八重が生まれ、その八重を連れた波川周蔵が真崎稲荷《いなり》のあたりまで散歩に出かけた姿を、秋山小兵衛が見たことになる。

浅草から、この家へ引き移ったのは二ケ月ほど前で、それも急なことだったが、静は周蔵に何も尋ねなかった。

周蔵は、いいわけをする口調でもなく、

「私は、引っ越しが好きらしい」

つぶやくように、いったのみだ。

それだけで、静は納得している。

亡き父がいっていたように、

「人の言葉などというものは、いくら積み重ね、ひろげてみたところで、高が知れている……」

のであって、静は、そのことを自分の体験ではなく、父母との暮しのうちに体得してしまったのであろうか。

この家は、高田の馬場の南面にある小さな農家が無人になっていたのを借り受け、手を入れたもので、静にとっては住み心地がよかった。竹藪《たけやぶ》の中の曲がりくねった細道を何処までも行くと、穴八幡《あなはちまん》の社《やしろ》の裏手へ出る。八幡社の境内をぬければ馬場下町の町家があり、買物に不自由もない。

ようやく落ちついた、この家から、またしても鳥が立つように何処かへ引き移ろうといい出た夫へ、静は、

「さようでございますか」

うなずいて見せた。

夫が引き移ろうというからには、それだけの理由があってのことなのだが、あえて問いかけてもはじまらぬと、おもっているのだ。

波川周蔵は、おだやかな微笑を浮かべ、

「今度は、あまり遠くへは移らぬつもりだ」

と、いう。

「はい」

静が、うなずいて微笑する。

「うむ」

周蔵がうなずき返し、盃を静へわたし、

「少し……」

ささやくようにいい、酌をしてやる。

静は、盃二つほどなら酒がのめた。

四

その日の午後も遅くなって、秋山小兵衛は、おはるが漕《こ》ぐ小舟に乗り、大川を西へわたり、船宿〔鯉屋《こいや》〕へ舟を着けた。

この日は、浅草・橋場《はしば》の料理屋〔不二楼《ふじろう》〕の主人《あるじ》・与兵衛《よへえ》から招きをうけていたのである。

不二楼と小兵衛との関係も、そろそろ十年におよぶ。

あの妖怪《ようかい》じみた〔小雨坊《こさめぼう》〕の放火によって、隠宅が全焼した折も、再建が成るまで、小兵衛とおはるは不二楼の離れ屋に暮したこともあった。

このところ、半年ほど、小兵衛は不二楼へ足を運ばなかった。

別に他意あってのことではなかったが、不二楼の与兵衛は、

「何ぞ、秋山の大《おお》先生の、気にさわったことでもあったのではないか……?」

しきりに心配をし、以前は不二楼の板前だった料理人・長次《ちょうじ》の店〔元長《もとちょう》〕へ行き、

「ともかくも、お前が様子を見て来ておくれ。そしてな、よかったら、ぜひ一度、おいで下さるようにと、たのんでみておくれ」

しきりにたのむものだから、長次が女房おもとと共に鐘《かね》ケ淵《ふち》の隠宅へやって来た。

「そのときは、へい、私も女房も不二楼へまいります」

と、長次はいった。

長次が庖丁《ほうちょう》を把《と》り、おもとは、これも不二楼の座敷女中にもどって、主人夫婦と共に、小兵衛をもてなそうというわけだ。

「そうかえ、それほどに気をつかわせていたとは知らなんだ。よいとも、招《よ》ばれよう。不二楼へ、そうつたえておくれ」

そこで、この日の招待となったわけだが、もしも、日にちが一日でも違っていたら、これより先、波紋のようにひろがって行く異変に、秋山小兵衛は関《かか》わることがなかったやも知れぬし、事態はおもいもかけぬ方向へ展開して行ったろう。

人の世の出来事は、大半が、このような偶然によって運ばれてゆくもののようだ。

船宿・鯉屋の舟着きで舟からあがった小兵衛夫婦を、鯉屋の女あるじのお峰《みね》が出迎えて、

「まあ、大先生。お久しぶりでございます」

「お前さんも、達者で何より……」

いいさした小兵衛が、ふと、おもいついて、

「そうじゃ、ちょっと尋ねたいことがある」

「なんでございましょう?」

「わしが見かけたのは、今年の春と、夏のころであったが……ここの、小鼻のところに黒子《ほくろ》のある浪人ふうの人《じん》で、四つか五つの可愛《かわい》い女の子を連れて……」

語りかけると、お峰が、

「あ、存じておりますでございます」

即座にいうではないか。

「ほう。物事は尋《き》いてみるものだのう」

「とき折は、うちの舟をつかって下さいまして……」

「なある……」

「新鳥越の永久寺さんの裏に、お住まいでございましたが、先日、永久寺さんの、いまの和尚《おしょう》さんがうちへ見えましたときのおはなしでは、この秋に何処かへ引っ越して行かれたそうでございますよ」

「何処へ?」

「さあ、それは別におっしゃいませんでしたが、何なら永久寺さんへ問い合わせてみましょうでございます」

「そうじゃな……ま、よいわ。そうしてもらいたくなったら、たのもう」

「……?」

「ついでのことに、あの人の名前はわからぬか?」

「波川さまとおっしゃいます。波川周蔵さま」

「ふむ。よい名前じゃ」

「無口な方でございましたが、そりゃもう、なんともいえない暖かみのある方でございましてね」

「ふむ、ふむ」

「一度、御新造《ごしんぞ》さまも一緒に、深川まで舟を出させていただきましたが、その御新造さまも、よいお方で……」

「なるほど」

「何か、あの、波川さまに？」

「いや何、ちょいと、ほれ、剣術のほうのことでな」

「あの方が、剣術の……？」

「強い……と、耳にしたのでな」

「そりゃ、まあ、あんなに御立派な躰《からだ》をしておいでなのですから……」

「今日は不二楼へ行くのじゃ。舟をたのむよ」

「いっていらっしゃいまし」

　この日は、秋山小兵衛が波川周蔵を高田の馬場の近くで見かけてから五日目にあたる。

今日も暖かい。

(これで、冬が来たのか……)

薄気味わるいほどに、暖日がつづいている。

(去年も今年も、飢饉《ききん》の国が多いそうな。天候が狂ってきたのやも知れぬ)

老年に達してからは、寒さに閉口する秋山小兵衛にとって、暖冬は何よりのことなのだが、どうも暖気《のんき》な気分にはなれぬ。

江戸に住み暮している者には、いまのところ、切羽つまった明け暮れを送ることもなくすんでいるが、雪に包まれた大名たちの領国では、飢饉で飢死する人びとが多く、打ちこわしもはじまり、一揆《いっき》も増える一方だという。

いまは封建の世であるから、飢饉に苦悩する大名がいる一方では、飢饉のない領国をもつ大名もいる。

日本の国の天候は寒暖、風土のちがいが大きくて、中国から西国にかけては豊作といえぬまでも、何とかしのぎをつけているし、天下《てんが》を治める徳川将軍は江戸にいて安泰なのだ。

(このような世の中が、いつまでもつづくのであろうか……?)

剣一筋に生きて来た秋山小兵衛だが、齢《とし》をとった所為《せい》か、そんなことを考えはじめると、わけもなく、一日が過ぎてしまうのである。

小兵衛とおはるは、間もなく、不二楼へあらわれ、奥の離れ屋へ案内された。

以前、隠宅が焼失したとき、二人が仮寓《かぐう》していた離れ屋である。

庭の枇杷《びわ》の木が白い花をつけている。

植込みの向うの渡り廊下から、あるじの与兵衛が小走りにやって来て、

「これはこれは大先生。ようこそ、おいで下さいました」

「いや、無沙汰《ぶさた》つづきで申しわけもない」

「とんでもないことでございます」

「今年は、面倒な取り込み事が、つぎつぎに起ってのう」

「ははあ……」

「ま、それも、どうにか方《かた》がついた。これで静かに年を送ることができようよ」

「それは、まあ、何よりでございます」

「今日は、遠慮なしに御馳走《ごちそう》になりましょうよ」

「長次と、おもとが間もなく、こちらへ御挨拶《ごあいさつ》にまいります」

「いろいろと、すまぬなあ」

こういって、何気もなく庭の向うへ目をやった秋山小兵衛が、

「おや……?」

わずかに腰を浮かしたのを見た不二楼のあるじが、

「お寒うございますか?」

「いや、何……」

彼方《かなた》の渡り廊下を行く二人連れの侍の一人に、小兵衛は見おぼえがある。

一人は羽織・袴《はかま》の立派な姿をした中年の侍で、これには見おぼえがないが、その後につき従うかたちの侍、というよりも総髪《そうがみ》の浪人は、まぎれもなく、先日、波川周蔵と斬《き》り合い、周蔵に太股《ふともも》を斬られた仲間をまもりつつ逃げ去った浪人ではないか。

秋山小兵衛は、あるじの与兵衛に、

「ほれ、あの、廊下を向うへ行く二人連れの侍は、どの座敷へ入るのじゃ?」

「蘭《らん》の間《ま》が、お気に入りなのでございますよ」

「あ……そうか、そうか。うむ、蘭の間かえ。そりゃあ、ちょうど都合がよい」

五

不二楼《ふじろう》では、以前から、二つの客座敷へ〔隠し部屋〕というものを設けてある。

これは不二楼のみではなく、江戸市中の著名な料理屋でも、近年は隠し部屋を密《ひそ》かに設けているようだが、これは仲間内でも秘密のことで、大半の客は知らない。

隠し部屋は客のために設けているのではなく、料理屋のためのものだ。

（この客は、何やら怪しい）

とか、

（深い事情《わけ》がありそうな……）

と、看《み》た場合に、その客を隠し部屋のついた座敷へ通し、密かに見張る。ときによっては、お上《かみ》へ急報し、危険と異変を未然にふせぐというわけで、町奉行所も、隠し部屋を設けることを、むしろ、業者にすすめているらしい。

秋山小兵衛が、不二楼の隠し部屋を知っているのは、あるじの与兵衛《よへえ》と親密の間柄《あいだがら》なればこそである。

「ちょいと、たのむ」

小兵衛は、あるじに手を合わせて見せ、蘭《らん》の間《ま》の隠し部屋へ案内をしてもらった。
四、五年前の、まだ隠し部屋がついていなかった蘭の間の雪隠《せっちん》（便所）に隠れて、秋山小兵衛は男女の客の悪だくみを、偶然に盗み聞いてしまったこともあった。
蘭の間は、母屋《おもや》から渡り廊下をへだてた別棟の上下二部屋のうち、階下の奥庭に面した座敷で、絵師・井村月岱《いむらげったい》が襖《ふすま》に蘭を描いてあるところから、この座敷名《な》が生まれたのだそうな。

蘭の間の裏手に、不二楼の物置小屋がある。内部は二つに区切られてい、前の方には諸道具が仕舞ってあるけれども、奥の小部屋の板戸を開けて中へ入ると、壁の一隅《いちぐう》に小さな〔のぞき穴〕がある。

このののぞき穴は、蘭の間の、床の間の落棚《おちだな》の蔭《かげ》へ巧妙に隠されていて、客はまったく気づかないようにできていた。

「なるべく、お早くおもどりを……」

小兵衛にささやき、あるじは物置小屋から立ち去った。

小兵衛はのぞき穴の蓋《ふた》を除《と》って、顔を押しつけた。

見える。あの浪人の顔が、こちらを向いていて、立派な侍のほうはのぞき穴に背中を向けていた。

座敷女中のおきんが酒肴《しゆこう》の仕度を運んで来て、いましも蘭の間を出て行くところであった。

「半刻《はんとき》（一時間）ほどたったら、料理を運んでくれ。それまでに用談をすませておく」

と、中年の侍がおきんにいった。

「かしこまりましてございます」

おきんが一礼して、蘭の間から出て行った。

「この座敷は、落ちついて、なかなかよい」

と、侍がいい、盃《さかずき》を手にした。

浪人が近寄って酌《しやく》をする。

この侍の客は、今年の春ごろから不二楼にあらわれるようになったとかで、

「何でも、剣術の先生らしく、お名前は小田切《おだぎり》様と申されます」

「姓は小田切……名は？」

「さあ、それはまだ……」

小田切は、不二楼の常客で、麴町《こうじまち》六丁目に住む〔煙管師《きせるし》・宮田《みやた》政四郎《まさしろう》〕の紹介で不二楼の客となった。

宮田政四郎は、徒《ただ》の煙管師ではない。

江戸で、それと知られた名工だし、政四郎つくるところの煙管は将軍家をはじめ、諸大名も愛用しているとかで、贅《ぜい》をつくしたものだそうな。

このような宮田政四郎の紹介ゆえ、不二楼のあるじは、小田切某を客として迎えることに、何のためらいもなかっただけに、

「あの小田切様が、何ぞ？」

隠し部屋へ秋山小兵衛を案内しながらも、顔色《がんしょく》が変っていた。

あるじの与兵衛は、これまで何度か、我が身の危急を小兵衛に救われていたし、小兵衛への敬愛の念は一通りのものではない。

「いや、わしは、連れの浪人のほうが、いささか気がかりなのじゃよ」

「さようで……」

「別に案ずることはない。すぐにもどる」

あわただしく、あるじと言葉をかわしておいて、小兵衛は隠し部屋へ入ったのだ。

「平山……」

と、小田切某が、浪人をよんで、

「波川周蔵は、さほどの手練《てだれ》者か？」

「はい」

「おぬしが申すことだ。間ちがいはあるまい。それにしても、おぬしと松崎が二人で斬《き》りかけて、手も足も出なかったのか……なるほど、この耳にきいたことに狂いはなかったことになる」

小田切の声は、笑いをふくんでいた。

二人の言葉の様子だと、小田切が、平山・松崎の二浪人をさしむけ、波川周蔵を襲撃せしめたようにおもわれる。

しかし、襲撃の失敗を、小田切は残念に感じていないらしく、

「よし。ならばよい。これでよい」

ひとり、うなずいているのだ。

「ときに、松崎の傷のぐあいは？」

「さしたることはありませぬ。浅く斬られました。あきらかに波川が手かげんをして

斬ったのです。ほんらいならば、松崎の右脚は両断されておりましたろう。もしも、波川が追って来たなら、私も共々に斬り殪《たお》されていたに相違ありませぬ」

「おぬしほどの漢《おとこ》が、そこまで申すのか……」

「まことのことゆえ、仕方もありませぬ」

こういって、平山浪人は盃の酒をのみほし、

「小田切先生。波川周蔵なれば、かならず御役に立ちましょう」

と、いったのである。

では、小田切の「御役」に立てるかどうかを、二人の浪人が、一命をかけて試したのか……どうも、そのように感じられる。

（はて……これは、いったい、どういうことなのか？）

胸の内に沸きあがってくる好奇のおもいを、秋山小兵衛は押えようとして押えきれぬ。

腕試しをさせた上で、役に立てようというからには、波川周蔵の一剣をもって、何《ど》処《こ》その〔強敵〕を殪そうとでもいうのであろうか。

それほどの強敵とは、

（そも、何者であろうか？）

このことであった。

かつての剣客としての血汐《ちしお》が、秋山小兵衛の老体の中で、まだ冷え切ってはいない。

その強敵なる者を、

(見たい……)

と、おもう。

波川周蔵と強敵との決闘を、ぜひとも見たくなってくる。

しかも、事は内密にすすめられているらしい。それも、小兵衛の興味をそそらずにはおかなかった。

火の気のない物置小屋の中は、夕闇《ゆうやみ》に包まれてきて、さすがに寒かったが、寒がりの小兵衛なのに、寒さを忘れていた。

この日、このとき、波川周蔵夫婦は、すでに高田の百姓家から何処かへ引き移ってしまっている。

蘭《らん》の間《ま》・隠し部屋

「平山。波川周蔵の行方は、まだわからぬのか？」

「はあ……」

「何故、あの折に、すぐさま見張りをつけておかなかったのだ」

「は……」

「手ぬかりではないか」

「小田切《おだぎり》先生。まさかに……私と松崎が斬《き》りかけた翌日に、早くも他所《よそ》へ引き移るとはおもいませなんだ。それに、あの辺りは周りに人家もなく、実に見張りにくいところなので」

「油断も隙《すき》もない男よ」

と、小田切が舌打ちをした。

その前にいるのは、先日〔不二楼《ふじろう》〕の蘭の間の隠し部屋で、秋山小兵衛《こへえ》が盗み聞きをしたとき、小田切と密談をかわしていた平山浪人である。

いま、二人が、ひそひそと語り合っている場所は不二楼でもなく、他の料理屋の一《ひと》間《ま》でもない。

家具調度もない小部屋に、一つきりの燭台《しょくだい》の蠟燭《ろうそく》が、たよりなげに火を点《とも》している。

物音一つせぬ夜更《よふ》けであった。

この部屋は、あきらかに町家のものではない。

大きな建物の内の、小部屋のようにおもわれる。

冬の風が、木々の枝をふるわせている、その音を聴いても、建物が、ひろい庭に囲まれていることがわかる。

「松崎の傷のぐあいは、どうか？」

「もう、肉があがってまいりました」

「さようか。ならばよい」

「小田切先生。波川周蔵の行方は、遠からず判明いたしましょう」

「大丈夫か？」

「波川が、かならず姿を見せる場所がありまして、そこから、目をはなしませぬ」

「お、そうであったな」

小田切は、ふところから金包みを出して、平山浪人の前へ置き、

「当座の費用《ついえ》にせい」

「では、遠慮なく、頂戴《ちょうだい》いたします」

「いずれにせよ、年が明け、暖かくなってからのことだ」

「はい」

「寒いうちは、な……」

と、小田切が意味ありげな眼《まな》ざしを向けた。

平山が受けて、

「いかさま」

うなずき、金包みを、ふところへ仕舞い、

「では、これにて」

「連絡《つなぎ》を絶やさぬように。よいか」

「心得ております」

「決行する日は、まだ先のことなれど、万事に遺漏なくたのむ」

「はっ」

「事が成ったあかつきを、たのしみにしているがよい」

「おそれ入ります」

小田切が座を立って、襖《ふすま》を開け、暗い廊下へ出て行く後姿へ、平山浪人は、片手をついて目礼を送った。

一

年の瀬も押しつまってきたというのに、ように暖かい日和《ひより》がつづいた。

「気味が悪い……」

その日の朝、秋山小兵衛は、

「おはる。麻布《あざぶ》まで行って来るから、仕度をしておくれ」

「あれまあ、このごろは、すっかり元気になりなすったねえ」

「うれしいか」

「あい……」

近寄って来たおはるが、小兵衛の頬《ほお》を舌の先で、ちょいと舐《な》めた。

「これ、猫《ねこ》のようなまねをするなよ」

「ニャーオ……」

「いくつになっても、まあ……」

苦笑しながらも小兵衛は、うれしくないこともないのだ。

まったく邪気のない、おはると暮していることによって、老いた小兵衛は、

（どんなにか、救われているか知れたものではない）

のである。

「昨日、牛堀《うしぼり》が訪ねて来た折に、稲垣忠兵衛《いながきちゆうべえ》が重い病《やまい》にかかっていると申していたゆえ、見舞いに行くつもりなのじゃ」

「麻布へ、何をしに？」

牛堀九万之助《くまのすけ》は、浅草の元鳥越《もととりごえ》町に奥山念流の道場をかまえている剣客で、秋山父《おや》子《こ》とは親密の間柄《あいだがら》であった。

「それでは、何か、お見舞いの品を持って行きなさるですか？」

「そうだな……いや、見舞いは金にしよう。そのほうがよいだろう」

「そうかね」

遅い朝餉《あさげ》をすませてから、小兵衛は鐘《かね》ケ淵《ふち》の隠宅を出た。

軽衫《かるさん》ふうの袴《はかま》、綿を忍ばせた羽織という例の服装に塗笠《ぬりがさ》をかぶり、竹の杖《つえ》を手にした秋山小兵衛は、今日はめずらしく大小の両刀を腰に帯びている。

浅草の山之宿《やまのしゆく》まで出た小兵衛は、なじみの駕籠《かご》屋〔駕籠駒《こま》〕へ入り、

「麻布の仙台坂《せんだいざか》まで、たのむ」

「承知いたしました」

仙台坂の名は、坂の南側が陸奥《むつ》仙台五十九万五千石・伊達陸奥守《だてむつのかみ》の宏大《こうだい》な下《しも》屋敷(別邸)なので、いつしか坂の呼び名となったのであろう。

仙台坂へ向う駕籠の中で、小兵衛は、いつしか微睡《まどろ》んでいた。

ちかごろは、いくら眠っても眠り足りないおもいがして、

「舟を漕《こ》ぐのは、私だけでいいのによう」

おはるが、減らず口を言ったりする。

ところで……。

いまの秋山小兵衛の念頭には、浪人・波川周蔵の一件が消えかけている。

すっかり忘れたわけではないし、ことに不二楼《ふじろう》・蘭《らん》の間《ま》の隠し部屋において耳にはさんだことは、尚更《なおさら》に小兵衛の好奇心をそそらずにはおかなかったが、

(他人《ひと》のことよ。もう十年も前のわしならばともかく、この齢《とし》になって深入りをするのも面倒じゃ)

という心境で、つい六日ほど前にも不二楼の主人《あるじ》・与兵衛《よへえ》が隠宅へやって来て、

「昨夜、また、あの小田切様が三人ほどで見えましてございますよ」

「小田切……おお、あれかえ」

「このつぎに見えたときには、私が隠し部屋へ入って、はなしていることを耳にいれておきましょうか?」

「いや、もういい。わしに関《かか》わり合いのないことじゃよ」

「さようでございますか」

「もう、気にしないでいておくれ」

そんなことよりも、今日これから訪ねて行く旧友・稲垣忠兵衛の病気のほうが気にかかる。

稲垣忠兵衛は、牛堀九万之助と同じ奥山念流の遣手《つかいて》で、小兵衛が四谷《よつや》に道場をかまえていたころ、

「ぜひとも、御教導をたまわりたし」

紹介もなしにあらわれ、謙虚な態度で申し出たのが小兵衛の気に入り、

「教えるというよりも、共に、まなびましょう」

道場への出入りをゆるしたのが縁となって、交誼《こうぎ》は二十余年におよぶ。

それもこれも、稲垣忠兵衛の人柄ゆえで、

「あれほどに欲のない男もめずらしい。忠兵衛にくらべたなら、わしなぞは欲のかたまりのようなものじゃ」

と、小兵衛が息《そく》・大治郎《だいじろう》へ洩《も》らしたこともあった。

忠兵衛の亡父も、すぐれた剣客だったそうで、仙台城下に道場をかまえていたが、忠兵衛は父の跡をつぐこともせず、若くして諸国遍歴の旅へ出たという。

自分の過去を、ほとんど語らぬ稲垣忠兵衛だが、七十歳の今日《こんにち》まで妻もめとらず、したがって子もない。

亡父の門人の中には、伊達家の家来も多かったらしく、その縁故により、老いの身を、伊達家・下屋敷内の長屋に落ちつけたのである。

そして、年に三度ほどは小兵衛の隠宅へ顔を見せていたのだが、今年は正月にあらわれたきりであった。

牛堀九万之助の門人で、伊達家・上《かみ》屋敷(本邸)にいる藩士から、稲垣忠兵衛が病んでいることを聞いたので、牛堀は、これを小兵衛につたえたのだ。

「伊達様では、よく面倒を見てくれて、稲垣殿には医薬の手が行きとどいているそうです」

と、牛堀九万之助は語っていたが、妻子もなく、縁類もなく、門人もない稲垣忠兵衛の寂しさをおもうと、居ても立ってもいられなくなり、小兵衛は見舞いに出て来たのである。

仙台坂の上で、秋山小兵衛は駕籠を降り、

「半刻《はんとき》(一時間)ほど待っていておくれ。その間に、腹ごしらえをしておくがよい」

駕籠舁《か》きに〔こころづけ〕をわたしておいて、道幅のひろい仙台坂を下りはじめた。

坂の左側は、了海上人《りょうかいしょうにん》開山の有名な善福寺で、その裏門の先の右側に伊達屋敷の正門がある。

正門より手前に通用門があり、小兵衛はそこから刺《し》を通ずるつもりであった。

師走《しわす》のことゆえ、坂を行き交う人びとの足取りも何やら忙《せわ》しげで、坂道から善福寺の門前にかけてたちならぶ茶店や店々の、人の出入りも多い。

伊達家・通用門の近くまで来たとき、何を思ったか、急に、秋山小兵衛が身をひるがえして善福寺側の茶店の中へ飛び込んだ。

通用門から出て来たのは、あの浪人であった。

波川周蔵であった。

(あの浪人は、何ぞ、伊達家に関わり合いがあるのか。それとも……?)

あれほどに剣をつかう男なのだから、

(もしやすると……?)

ほかならぬ稲垣忠兵衛の知人で、やはり、病気の見舞いに来たのやも知れぬ。

波川浪人は、坂道へ出ると、手にした浅目の編笠をかぶり、坂をのぼって行く。

と、そのときだ。

小兵衛が身をひそめた茶店のとなりの仏具屋から、町人がひとり出て来て、波川浪人の背後へ尾《つ》いた。

(ははあ……?)

小兵衛の眼《め》には、町人が波川浪人の尾行をはじめたとしか見えなかった。

(まだ、つけねらわれているのか……)

またしても、頭を擡《もた》げてきた好奇心を振り切るかのように、

「よけいなことよ」

つぶやいた小兵衛は、茶店の小女《こおんな》へ小銭をわたしてから坂道を突切り、伊達家の通用門へ向った。

二

浪人・波川周蔵は、果して、稲垣忠兵衛《ちゅうべえ》を訪れたのである。

秋山小兵衛が、病床の稲垣老人へ、

「少し前に、見舞いの人が見えたようじゃな」

そういってみると、忠兵衛が、

「よく御存知で」

「いや、門番が、そういっていたものだから……」

咄嗟《とっさ》に、小兵衛は嘘《うそ》をついた。

「さようでしたか。いやなに、あの人《じん》は波川周蔵殿と申して、三年ほど前に、おもい

がけぬことから昵懇《じっこん》になりましてな」

「ほう……三年前に、な」

「はあ。その折、拙者《せっしゃ》は飯倉《いいぐら》の榎坂《えのきざか》へさしかかって、急にその、発作を起しまして
……」

「発作とは、何の？」

「心《しん》ノ臓《ぞう》でござる」

「では、いまも、やはり……？」

「さようでござる」

稲垣忠兵衛の、青ぐろく浮腫《むく》んだ顔には生色がない。

「少しも知らなんだ」

小兵衛は、明日にも、親密にしている町医の小川宗哲《おがわそうてつ》へ忠兵衛の病状をつたえ、相談に乗ってもらうつもりになった。

「その折は、いささか、こたえましてなあ。脂汗《あぶらあせ》をかいて、おもわず其処《そこ》へ蹲《うずくま》ってしまいました」

そこへ通りかかったのが波川周蔵で、

「しっかりなされ」

自分の印籠《いんろう》から気つけの丸薬を出して忠兵衛に服用させ、呼吸が落ちついたところ

で、この伊達《だて》屋敷まで送ってくれた。

そのとき、波川周蔵は、

「私の亡《な》き父も、やはり、心ノ臓を患《わずら》っておりましてな」

ぽつりと、洩《も》らしたそうな。

ともかくも、二人の交誼《こうぎ》は、このときから始まった。

「その後、発作は起りませぬか?」

と、周蔵のほうから訪ねて来て、高価な薬を置いてゆく。

そして、忠兵衛が元気になってからも、二月《ふたつき》に一度は訪ねて来るようになった。

稲垣忠兵衛も無口な老剣客だし、波川周蔵も同様なので、ゆっくりと冷酒をのみながら、二刻《ふたとき》(四時間)ほど碁を打つ。

それが老い果てて孤独な稲垣忠兵衛の心に、ふしぎな安らぎをあたえてくれた。

二人とも、双方の境遇へ深入りをせずに、淡々とした、水のながれのような交際なればこそ、長つづきがすることを、よくよくわきまえているかのようであった。

「で、波川殿は、いま、何処《どこ》に住み暮しておられるのじゃ?」

「さあ、それが……」

「わからぬ?」

「はあ。いまは、身が落ちつかぬので、と、かように申しておりました」

「さようか……」

「よく、諸方を移り住むのが好きらしいので……ま、拙者も若いころは同じでござった。剣術遣いなぞというものは、どこか似ておりますなあ、秋山先生」

「波川殿は、何流を遣われる？」

「さあ、存じませぬ。なれど、あの人は、かなりの手練者《てだれ》と看《み》てとりました」

　小兵衛の見舞いが、よほどにうれしいらしく、病床に半身を起した稲垣忠兵衛は、いつになく饒舌《じょうぜつ》である。

　これは、却《かえ》って、忠兵衛の病気によくない。

　秋山小兵衛は、長居をせぬことにした。

　伊達家では三日に一度ほど、藩医をさしむけてくれるし、実直そうな中年の足軽《あしがる》が看病についていてくれ、いまもこまめに茶をいれかえたりしていた。

　小兵衛が見舞いの金をわたすと、稲垣忠兵衛は、これを押しいただき、泪《なみだ》ぐみ、

「あ、秋山先生。何の御恩報じもできぬ拙者を、このように……」

「おぬしが好きだからよ」

「は……？」

「きらいな奴《やつ》には、何もせぬということさ」

「か、かたじけのう存ずる」

忠兵衛は、内山文太を、よく見知っていたけれども、まだ、文太が死んだことを知らぬ。

病状が軽かったなら、内山文太の死の前後の一件を語るつもりだった秋山小兵衛だが、

(いまは、はなさぬほうがよい)

と、決めた。

(おもいのほかに、稲垣は弱っているようじゃ)

ゆえに、内山文太の死亡を耳にしたときの衝撃は、激しいとみてよい。

「近いうちに、また寄ってみよう。よいか、気を楽にして……さよう、高い山の上から、下界を打ちながめているような心もちでいるがよい」

「はっ」

病床から出て、両手をつこうとする忠兵衛へ、小兵衛が、

「稲垣。それがいけない。気楽に気楽に……これも修行じゃとおもうがよい」

やさしく言い置いて、長屋から出た。

ついて来た中年の足軽へ、小判一両を紙に包んでわたし、

「よろしく、たのみますぞ」

「はい」

「私は、秋山小兵衛と申します。あなたのお名前は？」

「初見《はつみ》国助《くにすけ》と申します」

「うけたまわった」

下屋敷だけに、詰めている藩士も少なく、宏大《こうだい》な敷地は、鬱蒼《うつそう》とした木立に包まれている。

初見に見送られて通用門を出た小兵衛は、仙台坂《せんだいざか》をのぼりはじめた。

のぼり切ったところの茶店から、駕籠駒《かごこま》の駕籠舁《か》きが二人、飛び出して来て、

「大《おお》先生。こっちでござんす」

「おお」

小兵衛が、駕籠へ乗り込もうとした、そのときであった。

先刻、波川周蔵の後を尾《つ》けて行ったとおもわれる町人が暗闇坂《くらやみざか》の方からやって来て、小兵衛の目の前を行き過ぎようとした。

三十前後の、よい身なりの町人だが、狐《きつね》の面《めん》のような顔つきである。

この町人をそれと見たとたんに、秋山小兵衛の〔いたずらごころ〕は、ついに押え切れなくなってしまった。

「おい」

行き過ぎようとする町人の肩を、ぽんと叩《たた》くと、

「……？」

振り向いた町人の眼が険しく光った。

「どうだ。あの浪人の行先を突きとめたかえ？」

小兵衛が、そういった瞬間の、一変した町人の顔つきといったらなかった。

「ふふん。どうやらむだであったらしいのう」

ぎょっとなって立ちすくむ町人へ、にやりと笑いかけた秋山小兵衛が、

「あの浪人は、恐ろしいぞよ」

すっと駕籠へ入り、駕籠舁きへ、

「さ、やってくれ」

威勢のよい声をかけた。

暗闇坂の方へ少し行ってから、小兵衛が後棒の駕籠舁きへ、

「これ、佐七《さしち》。いまの男は、どうしている？」

「へえ……」

振り返って見て、佐七が、

「まだ、ぼんやりと突っ立っておりますぜ」

「ふうん」

「大先生。いったい、どうなすったんで？」

「さあて。わしにも、よくわからぬのじゃ」

三

そのころの、目黒の碑文谷《ひもんや》というと、まったくの田園地帯であり、筍《たけのこ》が名物だけあって、竹藪《たけやぶ》も多かった。

萱野《かやの》の亀右衛門《かめえもん》の別宅は、そうした碑文谷の竹藪に三方を囲まれている。

亀右衛門は、目黒から渋谷《しぶや》、麻布《あざぶ》にかけて縄張《なわば》りをもつ香具師《やし》の元締である。

本宅は、白金《しろがね》から目黒不動へ通じる往還の、白金十一丁目の東側にあって、女房のおさいが〔亀田屋《かめだや》〕という茶店を経営している。

茶店といっても、なかなかに構えも立派だし、奥には座敷も四つほどあり、料理も酒も出す。

目黒不動へ参詣《さんけい》する人びとの間では、

「亀田屋の筍飯も、菜飯もうまい」

という評判だ。

しかし、そうした人びとは、亀田屋の女主人《あるじ》の亭主が、江戸の暗黒街ではそれと知られた香具師の元締だとは考えてもみない。

この物語のはじめに、目黒不動・門前の料理屋〔山の井〕で、浪人・波川周蔵に金五十両で暗殺をたのみ、

「いまは、金もほしくない」

周蔵に断わられた、小柄《こがら》な老人が、萱野の亀右衛門であった。

亀右衛門は、常々、女房に、

「おれは、六十になったら、しっかりした男へ縄張りをゆずりわたし、隠居をするつもりだ。もっとも、それまで生きていられたらのはなしだがね」

こういって、碑文谷の百姓家を買い受け、少しずつ手を入れ、中二階を設けたりして、隠居になる日をたのしみにしている。

「それなら、一日も早く、隠居になってしまえばよいのに」

いつであったか、波川周蔵がそういったとき、萱野の亀右衛門は、

「そのように、うまくはまいりませんよ。先生だってそうだ。金ずくで、たった一度でも殺しをやったからには、だんだんに深みへはまり込み、足が抜けなくなって来る。ね、そうでございましょう。まして私なぞは、その殺しをたのむ方なのだから、あっちこっちに義理や篏《しがらみ》ができてしまって、こいつは、先生がおもっていなさるほどに生やさしいものではないので……」

と、こたえている。

香具師の元締といえば、縄張り内の寺社や名所につながる盛り場の物売りや、店屋、見世物興行にいたるすべての利権をつかんでいるわけだが、裏へまわると、もろもろの悪事に関《かか》わりもするし、人を殺しもする。

だが、亀右衛門にいわせると、

「人間の世の中というものは、犬や猫《ねこ》のようにきれいごとではすみません。金で人を殺すのは悪いことだが、早く死んでもらわぬと諸人が迷惑をするというやつに、この世から消えてもらう。これは、いいことだとおもいますよ。ええ、もう、そういうやつにかぎって、何も知らぬ善人の血を吸いながら、お上《かみ》の目にもふれず、のうのうとしていやがる。私の殺しは、そういうやつどもだけに限っているのです。他《ほか》の縄張りを仕切っている元締のことは知りませんがね。つまり、お上に代って悪いやつどもの首を斬《き》るわけなのでございますよ」

なのだそうな。

「そこのところで、先生と私は、胸の内が一つになった。いえ、私はそうおもっておりますが、ちがいましょうか？」

そのとき、波川周蔵は微《かす》かに笑いを浮かべたのみであった。

亀右衛門は見たところ、まるで百姓のおやじのような風貌《ふうぼう》だし、身なりも粗末で、いつか、亀田屋の客が悪酔いをして、廊下で擦れちがった亀右衛門を飯炊《めした》きのおやじ

とでもおもったのか、

「薄汚いやつめ。向うへ行け!!」

怒鳴って、いきなり殴りつけたことがある。

すると亀右衛門は少しもさからわず、平身低頭してあやまり、こそこそと裏手へ引き込んでしまったというのだ。

さて……。

この年も、いよいよ押しつまった十二月の二十七日になって、白金の亀田屋から、つきたての餅《もち》や正月用の煮染《にし》め、御供餅などが碑文谷の別宅へとどけられた。

別宅に、亀右衛門夫婦がいるわけではない。

「これはまあ……このようにしていただいては、どうしてよいのやら……」

とどけに来た亀田屋の若い者を迎えて、礼をのべたのは、浪人・波川周蔵の妻・静である。

してみると、周蔵は高田の家を引きはらい、萱野の亀右衛門の別宅へ仮寓《かぐう》しているとみてよい。

それが証拠に、亀田屋の若い者が帰ってから一刻《いっとき》(二時間)ほど後になり、編笠《あみがさ》をかぶった波川周蔵が外出《そとで》から帰って来た。

「お帰りなさいませ。御病人は、いかがでございましたか?」

「今日は、大分に顔色がよく、声にもちからがこもっていたようだ」

「それはまあ、ようございました」

「薬と見舞いの金子《きんす》を置いて来たが、よろこばれてなあ」

「さようで……」

　この日も、周蔵は、稲垣忠兵衛《いながきちゅうべえ》を見舞いに出かけたらしい。

　周蔵夫婦が家の中へ入り、戸が閉まった。

　これを、竹藪の中から見とどけた男がいる。

　あの、狐《きつね》の面のような顔をした町人であった。

　今日は、巧みに尾行し果《おお》せたことになる。

　してみると波川周蔵は、先日、この男の尾行に気づかなかったのだろうか。

　それとも、先日は気づいていたが、今日は気づかなかったのか……。

　もっとも、周蔵は尾行者のあるなしにかかわらず、外出先から帰宅するときは気をくばって道をえらび、いつも自分の姿を目立たぬようにし、住居《すまい》を他人に知られないための用心をおこたらぬ。

　おそらく、このために、先日は尾行に失敗したのであろう。

　男は、ややしばらく、竹藪の中に身をひそめていたが、いつの間にやら姿を消した。

　冬の夕闇《ゆうやみ》がたちこめてきて、亀右衛門の別宅に灯が点《とも》った。

今日も、暖かかった。

四

翌日の午後に、波川周蔵は寓居《ぐうきょ》を出て、さして遠くもない目黒不動・門前の山の井へ出向いた。

朝のうちに、以前から亀右衛門《かめえもん》の別宅で留守番をしている為吉《ためきち》という老爺《ろうや》へ、

「元締に会いたいが、都合を尋《き》いて来てくれ」

と、周蔵がたのみ、為吉はすぐに白金の亀田屋《かめだや》へ行き、亀右衛門にこのむねをつたえると、

「それでは、八ツ（午後二時）ごろに山の井で待っていると、波川先生につたえておくれ」

とのことであった。

為吉は、むかしから萱野《かやの》の亀右衛門に仕えていて、波川夫婦が別宅へ引き移ってからも、

「お世話をたのむよ」

亀右衛門にいわれて、そのまま別宅に居ついているのだ。

亀右衛門は為吉のことを、「蟹吉《かにきち》」とか「蟹の爺《とっ》つぁん」などと呼ぶ。為吉の顔が、蟹の甲羅《こうら》に似ているからなのだそうな。

小男の為吉も、無口な老爺である。

波川夫婦も、四歳の幼女の八重も無口なのだから、人が四人も暮していて、この家では滅多に話し声がしない。

それでいて、和気藹々《わきあいあい》とした雰囲気《ふんいき》があり、笑い声はなくとも四人の笑顔は絶えたことがないのだ。

為吉爺《じい》は、八重を遊ばせるのがうまく、藁《わら》人形をつくってやったり、絵を描《か》いて見せたりする。その絵がまた、なかなかに達者なものであった。

脇差《わきざし》一つを帯びたのみの波川周蔵が山の井へ行くと、すでに萱野の亀右衛門は奥座敷に来ていて、

「今日あたり、こちらからちょいと、お顔を見に行くつもりでいたのですよ」

「さようか」

「いかがです。落ちつきましたか？」

「実によい」

「ははあ、実によい……さようでございますか。安心をいたしました」

「すっかり、世話になってしまった。昨日はまた、いろいろと、いただきものをして……」

「なんの。ほんの、お裾分《すそわ》けでございますよ」

酒肴《しゅこう》が運ばれてきた。

この山の井の女主人お幸《こう》は、亀右衛門の女房おさいの妹なのである。

「まあ、ひとつ……」

と、亀右衛門が周蔵の盃《さかずき》へ酌《しゃく》をしながら、

「で、今日は何ぞ、急の御用なので?」

「いや、さようなわけでもないのだが……」

「ははあ……」

亀右衛門は手酌の盃を、ゆっくりと口へ運び、

「先生……」

「うむ……?」

「私が、先生の御用というのを、あててごらんにいれましょうか」

「わかるかな」

「はい。つまり、なんでございましょう。先日の殺しの一件を、お引き受け下さろうというのではございませんか?」

「元締は、勘のはたらきがよいことよ」

「やはり、ね……」

「さよう」

「ねえ、先生。私の別宅を、あなたのお役に立ててもらったのは、下心あってのことではございませんよ」

「わかっている」

「それなら何も、気におかけになることはございません」

「さようか……」

波川周蔵が、ほっとしたような顔つきになって、

「ならばよい」

「まあ、先生。あんな家《うち》でよろしかったら、いくらでも、のんびりとお使い下さいまし。そうだ。私が隠居をしたら、あそこで一緒に百姓をやろうではございませんか」

「ふむ。それもよいなあ」

「私はねえ、先生。越中《えっちゅう》の百姓の子に生まれたのでございますよ」

「ほう……」

「五つのときに、江戸へ売られて来ました」

「ふむ」

波川周蔵にとって、これは初めて聞く亀右衛門の生い立ちである。

これが周蔵でなければ、

「それは、どうして?」

おもわず膝《ひざ》をすすめ、はなしを聞き出そうとしたろうが、周蔵は黙って盃をふくむのみだし、亀右衛門も強《し》いて語ろうとはせぬ。

そこへ、大きな土鍋《どなべ》が運ばれてきた。

この奥の間には小さな炉が切ってあり、そこへ土鍋をかけて昆布《こぶ》を敷き、湯をそそぎ、煮え立ってくると昆布を引きあげ、猪《いのしし》の脂身《あぶらみ》の細切りを亀右衛門が鍋の中へ入れた。

女中の手も借りず、亀右衛門がひとりで取りさばくのを、波川周蔵は酒をのみながら黙って見まもっている。

「先生には、こんなもの、お口に合うかどうか……」

つぶやいた萱野の亀右衛門が、大皿にたっぷりと盛られた輪切りの大根を、菜箸《さいばし》で土鍋の中へしずかに入れはじめる。

飴色《あめいろ》の土鍋も見事だったが、大根もみずみずしく、いかにも旨《うま》そうだ。

大根のみで、他には何もない。

大根を煮ながら食べようというのである。

「この大根は、練馬《ねりま》のお百姓にたのんで、とどけてもらうのですがね。そりゃあ、うまい」

と、亀右衛門は自慢をした。

煮えた大根を小皿に取ると、猪の脂がとろりと絡《から》んでいて、これへ醤油《しょうゆ》を少したらしこみ、ふうふういいながら食べるのだそうな。

「越中の山の方では、これを、よくやるのでございますよ。さ、どうぞ、やってみて下さいまし」

「よい匂《にお》いだ」

「さようで」

「む、これは……」

「いかがなもので?」

「旨い」

「そりゃあ、よかった。うちの女房《ばばあ》なぞは、私がこれをやりはじめると、顔を顰《しか》めますよ、先生」

二人が山の井を出たときは、まだ、夕闇《ゆうやみ》も淡くて、送って出た女あるじが提灯《ちょうちん》をわたそうとするのへ、亀右衛門は、

「近道をして行けば、目と鼻の先だ。面倒な物はいらない」

こういって、歩み出した。

波川周蔵も共に、亀田屋へおもむき、亀右衛門の女房おさいへ挨拶《あいさつ》をするつもりであった。碑文谷《ひもんや》の別宅へ住むようになってから、おさいは何くれとなく心をくばってくれる。亀右衛門の意を体してのことであろうが、周蔵夫婦は、かたちだけではない親切に戸惑うほどであった。

「うちの女房《ばばぁ》へ挨拶なぞ、そんなことをしなすっては困りますよ」

しきりに、亀右衛門はいったが、波川周蔵はきかなかった。

「先生も、妙に義理堅いところがおあんなさる」

周蔵は、わずかに口元をゆるめただけである。

二人は、目黒不動・門前にある養安院という寺の裏道をまわり、百姓地へ出た。

あたりは、一面の田圃《たんぼ》で、前方の台地に細川・柳生《やぎゅう》両大名家の下《しも》屋敷の屋根と木立が望まれた。

そのあたりの細道をのぼって行けば、亀田屋の横手へ出られる。

冬の、この時刻に、このあたりを歩む人影とてなかった。

すぐ前方に目黒川がながれてい、土橋《どばし》が架かっている。

「ねえ、先生……」

「うむ？」

「私という人間はねえ、恩を売らない男でございますよ」

いきなり、萱野の亀右衛門がいい出した。

波川周蔵は、一瞬、足を停《と》めて前を行く亀右衛門の背中を凝視した。

「ですから先生。何ぞ困ったことがあったなら、何でもようござんす。打ちあけてみて下さいまし」

「……」

「ですが、あなたのおちからになれないことと、なれることがある。なれないときは仕方がございませんがね」

「いや、別に……」

「ねえ、先生。あなたに義理があるのは私のほうなのだ。先生のおかげで、むずかしい仕事を……」

「元締。そのはなしはよそう」

「はい、はい」

萱野の亀右衛門は先に立って、目黒川の土橋をわたりかけた。

このとき波川周蔵は、その後ろを、約五間ほどはなれて歩みつつあった。

亀右衛門が、土橋の中ほどまで来た、そのときである。

土橋の向うの木立の中から、突如、浪人がひとり、走り出て来た。

灰色の布で面《おもて》を包み、裾を端折《はしょ》って、草鞋《わらじ》をはいた浪人は大刀を振りかぶり、土橋の向うから一気に、亀右衛門《かめえもん》へせまった。

幅一間の土橋の上で、亀右衛門は身を躱《かわ》すこともならず、また、川へ飛び込む間《ま》となかった。

(あっ。やられた……)

萱野の亀右衛門が両眼《りょうめ》を閉じ、辛うじて身をひねった、その頭上へ浪人の刃《やいば》が打ち込まれたと見えたとき、

「ぎゃあっ……」

どうしたものか、絶叫をあげた浪人が大刀をつかんだまま、よろめき、目黒川へ落ちたのである。

波川周蔵が走り寄り、亀右衛門の躰《からだ》を抱きかかえるようにして、土橋から後退した。

浪人は左手に顔を押え、必死になって川の中を逃げて行く。

周蔵は亀右衛門を庇《かば》って立ち、あたりに目をくばった。

夕闇が、濃くなってきている。

このとき、浪人が隠れていた木立の中から二人の男があらわれ、一散に台地の道を逃げのぼって行くのが見えた。この二人は町人に見えた。

「先生。いったい、どうなったので?」

亀右衛門の声が、わずかにふるえている。

波川周蔵は、

「まだ一つある。これだ、元締」

帯の間から、畳針を抜き取って見せ、

「これはなかなか役に立ってくれる。手ごろなのだ」

「畳針を投げつけて下すったので？」

「さよう。あの浪人の右の眼へ深く突き立った」

「お、おどろきましたねえ」

「元締。いまのやつどもに、心当りがあるのか？」

「心当りなんてものは、数え切れませんよ。いつ、殺《や》られたってふしぎはございません」

亀右衛門の声が、平静になって、

「ですから先生。隠居をして百姓をするなぞとは、夢のまた夢でございますねえ。まったく、因果な稼業《かぎょう》でございます」

「元締は、いささか無用心にすぎる」

「先生と山の井で別れていたら、いまごろはあの世へ旅立っておりました」

「…………」

「あの野郎ども、まさか先生が、これほどの先生だとは、おもってもいなかったようで……」

波川周蔵は、怒ったような激しい眼の色で萱野《かやの》の亀右衛門を見つめ、

「元締は無用心にすぎる。これほどとはおもわなんだ」

また、いった。

五

その翌日。

不二楼《ふじろう》の主人・与兵衛《よへえ》が、またしても、秋山小兵衛の隠宅へあらわれた。

この日は朝からの曇り空で、にわかに冷え込みがきびしくなってきたものだから、小兵衛は煤払《すすはら》いも畳替えもして、清らかな居間の炬燵《こたつ》へ埋まったまま、縦の物を横にもせず、すぐ傍《そば》にある煙草《たばこ》盆までも、おはるを呼んで運ばせる。

「ほんとに、先生は寒くなると人使いが荒くなるのだから……」

おはるが零《こぼ》しているときに、与兵衛がやって来て、

「大《おお》先生。また、あの小田切様が蘭《らん》の間《ま》へ見えましてね」

と、告げた。

「そうかえ。だが与兵衛さん。あのときのことは忘れておくれ。前にもいったとおり、わしには何の関《かか》わり合いもない人なのだから……」

「いえ、そうではございませんので……」

「そうではない……？」

「はい」

「そりゃ、どういうわけじゃ？」

「実は、昨日の暮れ方でございましたが……」

「ま、こっちへ……寒いから与兵衛さん。炬燵へ入って、はなそうではないか」

「では、ごめんをこうむりまして」

炬燵へ入った与兵衛は、おはるが出した熱い茶を一口のんで、

「大先生のおっしゃるように、私も、そのつもりではなかったのでございますがね。ちょうど暇をもてあましていたところだったものですから、いったい、小田切様が、何をはなしているのだろうかと、あの隠し部屋へ……」

小兵衛は苦笑を洩《も》らした。

あのとき、自分を隠し部屋へ案内してくれた与兵衛だけに、つい好奇心にさそわれたのもわかる。

「なれど、与兵衛さん。見つかったら大変だぞ」

「いえ、あの覗《のぞ》き穴は大丈夫。ちゃんと、そのようにつくらせたのでございますからね」

昨日の小田切は、頭巾《ずきん》をかぶった立派な風采《ふうさい》の侍と、大川《おおかわ》(隅田川《すみだがわ》)から舟で、不二楼にあらわれた。

供の若い家来は蘭の間へは入らず、玄関傍《わき》の一間《ひとま》にいて、食事をしたそうな。侍は蘭の間へ入っても頭巾を除《と》らぬ。頭巾の顎《あご》のあたりをゆるめて、酒肴《しゅこう》を口へ運んでいたという。

昨日は、侍が床の間を背にして坐り、小田切のほうが覗き穴へ顔を向けていた。

小田切は、侍に対し、まるで家来のように頭《ず》を低く、言葉づかいも丁重であった。

隠し部屋からでは、蘭の間の様子を見ることはできるが、平常以下の低い声だと、ほとんど聴きとれない。

ところが、侍も小田切も、密談をするというよりも、むしろ酒飯するため、不二楼へ舟を着けたように感じられたのである。

「よい酒じゃな、平七郎《へいしちろう》」

侍が、そうよんだところをみると、小田切の名は平七郎というのらしい。

「料理もよい」

とか、

「ここへは、よくまいるのか?」

とか、別に何ということもない会話がつづき、座敷女中が、つぎつぎに料理や酒を運んで来るのは、二人とも密談の必要がないからであろう。

そこで、与兵衛は、

(これでは、仕様もない)

隠し部屋の中も冷え込んできたし、覗き穴から眼をはなそうとしたとき、頭巾の侍が、

「……秋山大治郎が……」

と言った声が耳に入った。

(おや、秋山の若先生の名を……?)

ふたたび、与兵衛は覗き穴へ顔を押しつけた。

頭巾の侍と小田切平七郎は低い声で語り合っているので、よくきこえない。

「このあたりに……」

とか、

「さようでございます」

とか、

「ま、それはさておき……」

などという二人の言葉が、断片的に与兵衛の耳へ入ってくるのみだ。

二人が酒飯をすませ、蘭の間から出て行くまで、与兵衛は隠し部屋から出なかったが、秋山大治郎の名は二度ときこえなかった。

「与兵衛さんの、聞き間ちがいではないのか?」

と、秋山小兵衛が念を入れた。

さすがに、小兵衛の眼の色が少し変っていた。

「いいえ、低い声でございましたが、間ちがいございません」

「せがれの名を口に出したのは、頭巾の侍のほうかえ?」

「さようでございます」

「ふうむ……」

「これは、いったい、どういうことなので?」

「わしにも、わからぬよ。それで、二人は何処《どこ》の船宿の舟でやって来たのじゃ?」

「それが、船宿の舟ではございませんでした。こちらの舟と同じに、あれは頭巾のお侍が持っている舟なのではございませんか?」

「船頭は?」

「供についていた家来のような人が舟を……」

「ふうむ……」

「大川を下って行ったそうでございますよ」

「下って、な……」

「はい。今度、小田切様がお見えになりましたら、頭巾のお侍のことを、それとなく、尋ねてみましょうか?」

「それにはおよばぬ。なれど……」

「はい?」

「このつぎも、また、隠し部屋へ入ってもらおうかのう」

「ようございますとも」

高田《たかた》の馬場の近くで、波川周蔵が襲われた一件を知らぬ不二楼の与兵衛であるが、不審と好奇の入りまじった顔つきになり、

「今度はひとつ、小田切様の後を、だれかに尾《つ》けさせてみましょうか?」

「いや、あぶないことをするな。よいか、決して、よけいなまねをしてはならぬぞ」

小兵衛の徒《ただ》ならぬ声に、

「は、はい」

与兵衛は、くびをすくめた。

「先生。雪が落ちてきましたよう」

台所で、おはるの声がした。

「道理で、冷え込むとおもった」

「大先生。てまえはこれで、ごめんをこうむります」

「ま、ゆっくりして行きなさい。雪がひどくなったら、おはるに舟で送らせよう」

「とんでもないことで……」

「ま、よいではないか。いまな、昼餉《ひるげ》のかわりに、間鴨《あいがも》を入れた熱い饂飩《うどん》ができるところじゃ。一緒にやろう」

「これは、どうも、恐れ入りましてございます」

「お前さんは、毎日、うまいものばかり食べているのだから、偶《たまさ》かには、こんなものもめずらしくてよいのではないか」

「何をおっしゃいます。私なんぞは、ろくなものを食べてはおりません。料理屋のあるじなぞというものは、みんな、そうしたものなので……」

いいさして、与兵衛がふと見やると、秋山小兵衛は空間の一点へ凝《じっ》と眼を据《す》え、白い眉毛《まゆげ》が、ひくひくとふるえているではないか。

与兵衛は、おもわず息をのんだ。

風《かざ》花《はな》の朝

「年が明けたのう」

「は……」

「そちらの仕度に、ぬかりはあるまいな?」

「いつにても」

「春も間近い」

「さよう……」

うなずいたのは、浪人剣客・平山某である。

平山と向い合っているのは、かの小田切平七郎だ。

場所は、この前に、二人が語り合っていた屋敷内の小部屋で、例によって、燭台《しよくだい》の蠟燭《ろうそく》一つが点《とも》っているきりであったが、今夜は、さすがに火《ひ》桶《おけ》が出ている。

「小田切先生……」

何を思ったか、平山浪人が膝《ひざ》をすすめてきて、

「いかがなものでありましょう。春を待つことなく、肝心の秋山大治郎《だいじろう》を、密《ひそ》かに討ってしまったほうが……」

「何……」

「先日も、松崎と談合をしたのですが、われらも、そのほうが、やりやすいのです」

「いや、まずい」

「いけませぬか」

「それでは却《かえ》って、肝心の相手に気《け》どられるおそれがある」

「そのことなれば、おまかせ下さい。剣客同士の果し合いのように見せかけます。それには、このように……」

「よせ。聞かぬぞ」

「なれど、先生……」

「この事に、いささかの失敗《しくじり》もゆるされぬ。わかっていような」

「むろんのことです」

「ともかくも、勝手にうごいてもらっては困る」

「それは、わきまえております」

そういったが、平山浪人の面《おもて》には、あきらかに不満の色が過《よぎ》った。

長い沈黙がきた。

小田切平七郎は、煙管《きせる》を取り出し、ゆっくりと煙草《たばこ》を吸う。

平山浪人は、冷えた酒を盃《さかずき》へみたし、たてつづけにのんだ。

そのうちに、平山も冷静となったらしく、

「よく、わかりました」

「ならば、よい。たのむぞ」

「は……あらためて、お尋ねするも妙なものですが、波川周蔵は必ず味方につけることができるのでしょうな。それでないと……」

「申すまでもない。すでに、手をまわしているが、これはな、あまり間《ま》を置かぬようにしたい」

「ごもっともです」

「波川周蔵は、われらのたのみを断われぬはずだ。それよりも、平山……」

「は」

「波川周蔵なれば、必ず、秋山大治郎を討つことができるのだな？」

「さように看《み》てとりました。波川ほどの手練《てだれ》者を見たことがありませぬ。これは松崎も同じ意見です」

「ふむ……おぬしの眼《め》に、先《ま》ず狂いはあるまい」

「おそれいります」

「松崎の傷のぐあいは？」

「もはや、何の気づかいもありませぬ」

「では……そうだな、五日ほど後に、また来てもらいたい」

「承知いたしました」

小田切平七郎は座を立った。

このとき……。

暗く、重い夜空から、白いものが落ちて来はじめた。

一

天明四年（一七八四年）の年が明けて、秋山小兵衛《こへえ》は六十六歳になった。おはるが二十六歳。

息《そく》・大治郎は三十一歳。

妻の三冬《みふゆ》は、おはると同年の二十六歳で、二人の間に生まれた小太郎《こたろう》は、数え年で三歳ということになる。

新年早々、小兵衛は浮かぬ顔つきであった。

三冬・小太郎と共に、年始に来た秋山大治郎が、おはるにそっと、

「父上は、どこか、躰《からだ》のぐあいが悪いのでは?」

尋ねたほどである。

「いえ、躰ではなくて、ずっと機嫌《きげん》が悪いのですよう」

「機嫌が……」

「暮の……そうですねえ、三十日ごろから、急に、なんだか塞《ふさ》ぎ込んでしまってねえ」

「塞ぎこむ……?」

「あい。年寄は気まぐれだからねえ」

大治郎は三冬と顔を見合わせたが、小兵衛が塞ぎ込む理由については、おはるもわからないのだから、大治郎夫婦にもわかろうはずがない。

家へ帰ってから大治郎は、三冬に、

「父上は、私にも隠さなくてはならぬような屈託があるらしい」

「私も、そのように見うけました」

「どのようなことなのだろうか……?」

「さあ……」

その翌日。

四谷《よつや》の御用聞き弥七《やしち》が、傘《かさ》屋の徳次郎と共に、秋山小兵衛・隠宅へ年始にあらわれた。

弥七も傘徳も、そこは稼業柄《かぎょうがら》で、

(どうも、大《おお》先生が妙なぐあいだ)

と、感じとった。

それでも弥七は、小兵衛がすすめるままに酒をのんでいたが、ついに、たまりかねたかして盃《さかずき》を置き、

「大先生……」

「む……」

「何か、御心配の事でもございますか?」

小兵衛が、苦笑を浮かべて、

「そう見えるか……」

「はい」

小兵衛は、嘆息を洩《も》らし、

「わしも、老いぼれになってしまったわえ。こうも、やすやすと胸の内を読まれてしまうとは、な」

「やはり、何か……?」

「弥七。これは、どうしても、お前のちからを借りなくてはならぬ」

おもいあまって、切なげに、

「わしも人の親じゃ」

「え……それでは、あの、若先生に何か?」

「うむ」

弥七と傘徳が顔を見合わせたとき、小兵衛は立って台所へ行き、おはるへ、

「はなしがすむまで、入って来てはいけないよ」

念を入れておいて、また、居間へもどった。

「弥七、徳次郎。実は、な……」

と、これから小兵衛が、去年の師走《しわす》のはじめに、高田の馬場の近くで、襲いかかる二人の浪人を追い散らした波川周蔵を目撃したことから、〔不二楼《ふじろう》〕蘭《らん》の間《ま》の隠し部屋の一件、そして、不二楼のあるじ・与兵衛《よへえ》が小田切平七郎と頭巾《ずきん》の侍の会話を盗み聞いた折に、頭巾の侍の口から、

「……秋山大治郎が……」

その一言が洩れたことなどを、すべて弥七と徳次郎に語り終えて、

「このことは、まだ、大治郎の耳へは入れておらぬ。剣客たるものは、だれしも、おのれの一命をつけねらわれることを覚悟していなくてはならぬが、なれど弥七。こた

びの一件については、何やら量り知れぬ事が背後に在るような気がしてならぬのじゃ。お前は何とおもう？　それが聞きたい」

四谷の弥七の顔色《がんしょく》が、少し変っている。傘屋の徳次郎も同様であった。

「大先生の、おはなしをうかがっておりますと、どうも、その……高田で、二人の浪人を追いはらった、波川なにがしという強い男は、何やら、腕だめしをされたようにおもえますが……」

「そのことよ」

不二楼・蘭の間で、平山浪人が小田切平七郎へ、

「波川周蔵なれば、かならず御役に立ちましょう」

と、いったのを、秋山小兵衛は隠し部屋で盗み聞いている。

「もしやして……」

四谷の弥七が呻《うめ》くように、

「その波川をさしむけて、若先生を……」

小兵衛は黙ってうなずく。

「波川は、それほどに強いので……？」

「大治郎と斬《き》り合って、どちらが勝つともいいきれぬ」

今度は、弥七が沈黙してしまった。

小兵衛が、盃の冷えた酒を口にふくんだ。

ややあって、弥七が、

「これは、大先生。先《ま》ず、不二楼へ徳次郎を詰めさせておくことから、はじめなくてはなりません」

小兵衛が縋《すが》りつくような眼の色になり、

「そうしてくれるかえ」

「おっしゃるまでもございません。どうあっても、やらせていただきます」

「すまぬのう。このとおりじゃ」

両手を合わせて見せた、秋山小兵衛の両眼が潤《うる》みかけているのに気づいて、

（ああ、大先生も、齢《とし》をおとりなすった……）

弥七もまた、胸の内が熱くなってきた。

弥七がいうように、いまのところは、小田切平七郎か平山浪人、または件《くだん》の頭巾の侍が不二楼へあらわれるのを、

（待つよりほかにない……）

のである。

あらわれたなら、これを隠し部屋から見張り、帰るときには尾行をして、彼らのうち、だれでもよいから行先を突きとめる。

いま一つは、麻布《あざぶ》・仙台坂《せんだいざか》の伊達家《だて》・下《しも》屋敷（別邸）内で病床についている老剣客の稲垣忠兵衛《いながきちゅうべえ》を、

（また、見舞いに来るであろう……）

波川周蔵を尾行し、その行先を見とどける。

いまのところは、この二つが探索の糸口になると看《み》てよい。

しかしながら波川周蔵は、小田切らの密謀に、まだ関《かか》わっていないようにおもえるし、仙台坂の伊達屋敷のあたりには、波川を尾行したやつどもが、ちらちらと蠢動《しゅんどう》しているものと看てよいだろう。

「それにしても、こうなってみると、去年のあのとき、波川周蔵の後を尾《つ》けて行ったやつを、からかったりしたのは、まずかったのう」

「やつらは、大先生と波川が知り合いのように、おもっているにちがいありません」

「まさかに、この一件へ、せがれの名前が出て来るとはおもわなんだ」

秋山小兵衛は、手を叩《たた》いて、おはるをよび、

「すまぬが、ちょいと大川《おおかわ》（隅田川《すみだがわ》）を渡って、大治郎を舟へ乗せて来ておくれ。もしも外へ出ているようなら、帰りしだいに、すぐさま此処《ここ》へ来るように、三冬へつたえておくがよい」

「また、何か妙なことが始まったのですかよう？」

「お前にも、後で、ゆっくりとはなしてきかせる。ともかくも、大治郎を早く……」

おはるは、すぐさま身仕度をし、庭へ出て行った。

庭の一隅《いちぐう》には、大川の水を引き入れた舟着きがあり、そこに、自家用の小舟が舫《もや》ってある。

小兵衛が、

「うちの女船頭」

と、いうほどに、おはるは小舟を巧みに操る。

おはるが、舟で大川へ出て行くのを見送った小兵衛は、庭から居間へもどって来て、

「弥七。お前が引き受けてくれたので、心強いわえ」

うれしげに、いった。

小兵衛の両眼の光りにも、ちからが加わってきたようだ。

庭つづきの、川岸の枯れ葦《あし》が風に鳴っている。

薄曇りの、その雲間から滲《にじ》む日の光りが心細げであった。

二

この日。

秋山小兵衛にすすめられ、夕餉《ゆうげ》の馳走《ちそう》になってから、四谷《よつや》の弥七《やしち》と傘屋の徳次郎は帰って行った。

入れちがいに、大治郎が船宿〔鯉屋《こいや》〕の舟で大川をわたって来た。

おはるが迎えに行ったとき、大治郎は田沼屋敷の初稽古《はつげいこ》で家にいなかったのである。

「父上。何か、急な用事でも？」

「さしせまったことではないが、やはり、これは一応、お前の耳へ入れておいたほうがよいとおもってのう」

「ははあ……？」

「ま、酒をのみながら聞いておくれ」

小兵衛は、先刻、弥七と傘徳へ打ちあけたとおりに語りのべて、

「このことを、お前は何とおもう？」

「さて……」

「こころ当りはないのかえ？」

「ありませぬ……が、剣客であるからには、知らぬうちに、どのような恨みを買っているやも知れませぬ」

「うむ。それは、わしとて同じことじゃが……今度の一件は、ただそれだけのものではないとおもう。仕掛けがちょいと、込み入っているわえ」

「ふうむ……」

腕を組んだ大治郎が、沈黙した。

おはるは、息をつめて、二人を見まもっている。

それに気づいた小兵衛が、

「せがれに、何か食べさせておくれ」

うなずいたおはるが、いつになく声も出さず、ひっそりと台所へ去った。

「ところで、お前の名前が、怪しいやつどもの口から出たとき、これを耳にしたのはわしではない。不二楼《ふじろう》のあるじなのじゃ」

「はい」

「どうしたわけで、お前の名前が口に出たのか、はっきりとしたことはわかっていない。だからのう、お前の命が狙《ねら》われていると、きめこんでもいけないとおもう」

「さようですなあ」

大治郎の顔から不可解の色は消えなかったけれども、声は落ちつきはらっている。

「帰ったなら、一応、三冬の耳へも入れておくがよいだろう」

「そういたします」

夕餉をすませてからも半刻《はんとき》（一時間）ほど、父・小兵衛と何やら打ち合わせをすませた大治郎は、舟を借りて帰って行った。

ちかごろは、大治郎も小兵衛も、ひとりで舟を操ることができるようになった。

舟で大川を渡るのと、徒歩で帰るのとでは、道のりも時間も相当にちがう。

大治郎が舟で帰ったときは、翌日に、鯉屋の船頭が舟を返しに来てくれるのだ。

翌朝。秋山小兵衛が朝餉《あさげ》をすませたとき、鯉屋の船頭が小舟を曳《ひ》いて来てくれた。

半刻後、小兵衛は、おはるに船頭をさせて大川をわたった。

この日は冷え込みが強く《きつ》、小兵衛は真綿の入った胴着をつけている。

鯉屋の舟着きへ小兵衛をおろすと、おはるは隠宅へ帰って行った。

「おはる。何にせよ、気をつけるのじゃ。よいな」

「あい」

小兵衛は、川面《かわも》を遠ざかる舟の、おはるを見送っているうちに、

(そうじゃ。もう一艘《そう》、小舟を買って鯉屋へあずけておくことにしよう。わしも大治郎も、そうしておけば何かと便利になる)

おもいついて、鯉屋の女主人《あるじ》へ、このことをたのんでから、橋場《はしば》の不二楼へおもむいた。

少し前に、弥七と徳次郎は不二楼に到着しており、あるじの与兵衛《よへえ》と奥の離れで、語り合っていたので、

「はなしを聞いてくれたか?」

小兵衛が、与兵衛に尋《き》くと、

「はい、はい。どのようにも、お役に立ちますでございます」

とのことだ。

平山浪人や小田切平七郎があらわれるのを、傘屋の徳次郎が不二楼へ泊り込みで待つことになったのである。

「弥七。徳次郎を借りて、すまぬのう」

「いえ、そんなことを、気におかけにならねえで下さいまし」

それを見ていた不二楼の与兵衛が、

「大先生。いっそ、御新造《ごしんぞ》さまと一緒に、しばらく、この離れでお暮しなすってはいかがで?」

「まさか……」

「いえ、そのほうが、いざというときには都合がよろしゅうございますよ」

「そうか、ふむ……あるいは、そうさせてもらうことになるやも知れぬ。そのときは、また、たのむよ」

「よろしゅうございますとも」

「いずれにせよ、このことを、店の人たちに気づかれぬよう、よろしくたのむ」

「それはもう、大丈夫でございます」

間もなく、小兵衛と弥七は、徳次郎を残して不二楼を出た。

徳次郎は、不二楼に雇われた下ばたらきの男ということになっている。

山之宿《やまのしゆく》まで出た小兵衛と弥七は、なじみの〔駕籠駒《かごこま》〕の駕籠で、麻布《あざぶ》・仙台坂へ向った。

弥七は駕籠へ乗ることを、しきりに遠慮をしたけれども、小兵衛がゆるさなかった。

二挺《ちよう》の駕籠は、離れ離れに麻布へ向った。

先へ着いた秋山小兵衛は、この前と同じように、仙台坂の上で駕籠を下り、

「今日は、帰っておくれ」

駕籠舁《か》きへ言うや、弥七にはかまわず、伊達《だて》家・下屋敷の通用門へ入って行く。

やや遅れて、弥七を乗せた駕籠があらわれ、これは仙台坂を下りきったところで停《と》まった。

弥七も駕籠を返し、それから善福寺の境内へ入って行った。

小兵衛が、伊達屋敷内の長屋へ、稲垣忠兵衛《ちゆうべえ》を見舞っている間に、あたりの様子を、それとなく探ってみることになっていたのだ。

もしも、小兵衛に声をかけられて愕然《がくぜん》となった町人ふうの男の一味が、何処《どこ》かで伊達屋敷を見張っているとしたら、通用門を入って行った秋山小兵衛に気づかぬはずはない。

三

稲垣忠兵衛《ちゅうべえ》の病状は、やや軽快に向っているように見うけられた。

「もはや、この上、他人へ迷惑をかけたくないのでござるが、この冬は暖かい所為《せい》か、われながら持ち直したようにおもえます」

と、忠兵衛はいった。

「それは、何よりじゃ」

秋山小兵衛は、おはるに用意させておいた着替えの寝間着やら下着、それに、小川宗哲《そうてつ》にたのんで分けてもらった丸薬などを出し、

「この丸薬は、心《しん》ノ臓《ぞう》のはたらきをよくするそうな。夜、寝《やす》む前に一粒でよろしいと宗哲先生は申されていた」

「秋山先生……」

いいさした稲垣忠兵衛が、両眼《りょうめ》に泪《なみだ》をため、

「かたじけのうござる」

丸薬の包みを押しいただいた。

それから小兵衛は、忠兵衛と語るうち、それとなく、波川周蔵についてふれてみた

が、忠兵衛のこたえは心許《こころもと》なかった。

「去年のいまごろは、たしか浅草の……それ、秋山先生の御子息のお住居《すまい》にも近い新《しん》鳥越《とりごえ》と申すところに住み暮しておられましたが、いまはまた、別の場所へ引き移られたようでござる」

「どこへ？」

「さあ、うっかりと、まだ、耳にしてはおりませぬが、何ぞ？」

「いや別に……」

「波川殿は、先生や御子息のことを存じております」

「ほう……」

「拙者《せっしゃ》が、波川殿へはなしました」

なるほど、ありうることではある。

「年が明けましてから、まだ、波川殿は見えませぬが、やがて見舞ってくれるかと存じます。その折、いまの住居が何処かを尋ねておきましょう」

「ふうむ……」

小兵衛は、少しの間、沈思していたが、

「そうじゃな。そうしてもらおうか」

「承知いたしました」

「三年前に、おぬしが榎坂《えのきざか》で発作を起し、倒れたとき、波川殿に助けられたと聞いて、何やら会ってみたくなったのじゃ」

「はい、はい」

間もなく、秋山小兵衛は伊達《だて》屋敷を出た。

これを、四谷《よつや》の弥七《やしち》が仙台坂《せんだいざか》の茶店で見ていた。

弥七は、ゆっくりと茶店を出て、仙台坂をあがって行く小兵衛の後方から、かなりの距離をへだてて歩む。

これも、小兵衛と打ち合わせたとおりの行動であった。

つまり、弥七は、小兵衛を尾行する者がいるか、いないかをたしかめつつ歩んでいる。

仙台坂上から暗闇坂《くらやみざか》へ向って、秋山小兵衛はゆったりと歩をすすめた。

冷え込みは強《きつ》いが風もないので、人通りは多い。

長い時間をかけて、日《ひ》ケ窪《くぼ》から麻布《あざぶ》の材木町へ出た小兵衛は、乗泉寺前の〔明月《めいげつ》庵《あん》〕という蕎麦《そば》屋へ入って行った。

この店では、寒くなると〔蒸し蕎麦〕というのをやる。これがうまいので、小兵衛も弥七も何度か来ているのだ。

二階の小座敷へあがった小兵衛は、

「酒をたのむ。後で連れが来るから、そうしたら柚子切《ゆずきり》の蒸し蕎麦を、な」

小女《こおんな》へいいつけた。

酒を半分ほど、のんだところへ、弥七があがって来た。

弥七の顔を一目《ひとめ》見た小兵衛が、

「どうやら、わしの後を尾《つ》けて来たやつは、いなかったようじゃな」

「はい」

小兵衛は、手を打って小女をよび、

「酒を、熱くしてたのむ」

「あい、あい」

蒸し蕎麦が運ばれて来ると、座敷の中に、柚子の香りが湯気と共にただよう。

「むう……相変らず、旨《うま》いのう」

「いつ来ても、出すものに気をぬきません。感心いたしますよ」

弥七は、女房に〔武蔵屋《むさしや》〕という料理屋をやらせているだけに、

「この店は、決して、客に油断をいたしません」

なぞという。

「旨い。もっと、やろう」

またも柚子切を注文しておいて、小兵衛は稲垣忠兵衛とかわした会話の内容を、弥

七へつたえた。

「そうすると、その波川周蔵は、大先生と若先生のお名前を知っているわけでございますね」

「わしは、双方知らぬままに、道で出合ったことが二度ほどある」

波川周蔵の、現在の住所については、

「おそらく、波川は稲垣忠兵衛に洩《も》らしはすまい。洩らしてよいものなら、すでに洩らしているだろうよ」

「なるほど」

「波川が浅草に住んでいたことは、稲垣も耳にしている……と、なると、そのころの波川周蔵は、いまよりも、のびやかに暮していたのではないかのう」

秋山小兵衛の口元はゆるんでいたが、眼は笑っていなかった。

やがて……。

秋山小兵衛が先へ出て、高札場の傍に客を待っていた辻駕籠《つじかご》を拾い、帰途についた。

小兵衛は隠宅へもどる前に、不二楼《ふじろう》へ立ち寄ってみるつもりでいる。

弥七は、小兵衛の駕籠を尾行する者がないのをたしかめてから、四谷の家へ帰って行った。

不二楼では、何事も起っていなかった。

小兵衛が鯉屋《こいや》の舟で大川《おおかわ》をわたり、隠宅へ着いたときには、日も暮れかかっていた。

おはるが飛び出して来て、

「まあ、よかったねえ」

「何が?」

「無事で帰れてよう」

「これ、おはる。わしが、そんなに老いぼれて見えるのか」

「だって、もう六十の坂を半分越したではねえですかよう」

「だから、どうしたというのじゃ」

「あれまあ、怒りなすったかえ?」

「さほどに、わしを爺《じじい》あつかいにするなら、今夜は、たっぷりと足腰を揉《も》ませてやるぞ」

「このごろは、すぐに拗《す》ねなさるのだからねえ。うふ、ふふ……」

四

小田切平七郎と平山浪人が、舟で不二楼《ふじろう》へあらわれたのは、その翌々日の午後であった。

折しも蘭《らん》の間《ま》には他の客が入っていたので、隠し部屋から二人の様子を窺《うかが》うことができない。

（ええ、残念な……）

不二楼の与兵衛《よへえ》は舌打ちをして、小田切と平山を二階の藤の間へ通させた。

傘《かさ》屋の徳次郎は、いざとなったら、不二楼の持舟をつかって尾行するつもりであった。

徳次郎は、おはる以上の〔船頭〕だといってよい。

この日は、正月六日で、秋山小兵衛は、昼前から息・大治郎の家へ来ていて、孫の小太郎の相手をしたり、道場で門人たちへ稽古《けいこ》をつけている大治郎を見まもったりしていたが、午後になって、ちょっと不二楼へ立ち寄り、おはるの舟が迎えに来るのを待ち、隠宅へ帰って行った。

小田切と平山が姿を見せたのは、それから半刻《はんとき》ほど後のことになる。

そこで、不二楼の与兵衛が、急いで手紙を書き、

「これをな、大急ぎで、秋山先生の御宅へ届けておくれ」

店の若い者にいいつけた。

この若者は不二楼の舟へ乗り、すぐさま、大川をわたって行く。

小田切平七郎は、不二楼へ来ると、いつも、酒飯に一刻（二時間）から一刻半（三時

間）をかけて帰るのが常であったから、与兵衛も傘徳も、

（大丈夫、間に合う）

と、おもっていた。

大川を斜めにわたれば、小兵衛の隠宅の舟着きへ舟が入り、すぐに小兵衛を乗せて引き返して来ればよいのである。

ところが……。

小田切平七郎は、よほどに蘭の間が好きだったとみえて、二階の藤の間へ通されると、

「この座敷は、どうも落ちつかぬな。また、出直して来よう」

そういって、女中が酒を運ぶ間もなく階下へ降りて来た。

与兵衛が、あわてて、

「では、ほかの座敷へ、お移り下さいまし」

「いや、よいわ」

小田切は、別に不機嫌《ふきげん》な様子もなく、

「二、三日のうちにまた来よう」

履物を出させながら、平山浪人へ、

「今日は、これまでだ。明後日に、また来てくれ」

といった、その声を、傘屋の徳次郎は帳場の蔭《かげ》で聞きとった。

一艘《そう》だけの不二楼の舟は、まだ帰って来なかった。

与兵衛が気を揉《も》み、物蔭の徳次郎を見やったとき、徳次郎は目顔で、

(大丈夫ですよ)

うなずいて見せた。

この徳次郎の予感は、適中した。

果して、待っていた小舟に乗ったのは小田切平七郎一人であった。

夕闇《ゆうやみ》の大川へ出て行く、その舟を舟着きで見送った平山浪人は、徒歩で不二楼を立ち去ったのである。

徳次郎は与兵衛へ、

「大先生《おおせんせい》は、お宅で待っていて下さるように、つたえておくんなさい」

いい置いて、平山浪人の尾行にかかった。

小田切と平山は、いつも不二楼へ来る前に、肝心の密談をすませているらしい。

ゆえに、不二楼での会話が断片的なものになるのであろう。

やがて、秋山小兵衛が、不二楼の舟に乗り、大川をわたって来た。

舟着きに待ちかまえていた与兵衛から、始終を聞いた小兵衛は、

「そうか、浪人のほうは歩いて帰ったかえ。それなら大丈夫じゃ」

ほっとした顔つきになったのは、傘屋の徳次郎の尾行へ、絶対の信用を抱いていたからであろう。

それでも小兵衛は、不二楼にいて、徳次郎の帰りを待つことにした。

徳次郎が不二楼へもどったのは、約一刻半ほど後になってからだ。

小兵衛がいる離れへ、庭づたいにやって来た傘徳は、げっそりとした顔つきになっている。

よほど、尾行がむずかしかったにちがいない。

「御苦労。突きとめたかえ?」

「へい」

「そりゃ、ありがたい。先《ま》ず一風呂《ひとふろ》あびておいで。それから、ゆっくり聞こう。ま、いいから躰《からだ》をあたためてくるがよい」

「それでは、へえ、お言葉にあまえまして……」

湯殿から出た徳次郎が、離れへもどって来ると、酒肴《しゆこう》の仕度がしてあり、小兵衛が、

「さあ、こっちへおいで。ま、ひとつおやり」

酌《しやく》をしたりするものだから、徳次郎はすっかり恐れ入ってしまった。

「大先生。あの浪人は、谷中《やなか》の蛍沢《ほたるざわ》のあたりの、瑞雲寺《ずいうんじ》という寺へ入りましてございます」

「寺へ、な……」

「へい。小さな寺で、古びてはおりますが、門構えなぞは、なかなか立派なもので……何しろ暗くなってしまいましたので、うっかりと聞き込みもできませんでしたが、大先生は、その寺を御存知でございますか？」

「いや、知らぬ」

口へ運びかけた盃《さかずき》を膳《ぜん》に置き、秋山小兵衛は凝《じっ》と空間の一点を見据《みす》えた。

「もう少し見張ろうかとおもいましたが、きっと、大先生がこちらで待っておいでのこととおもい、急いで引き返してめえりました。これで、よろしかったのでございましょうか？」

「お……それでよい。それでよいとも」

我に返った小兵衛が、にっこりとして、

「徳次郎、さすがじゃのう」

「いえ、どうも……とんでもねえことでございます」

ほめられて、やや蒼《あお》ざめていた徳次郎の顔に血の色がのぼった。

「あの浪人は、あれで、なかなかのやつじゃ。後を尾《つ》けるにも、さぞ骨が折れたろう？」

「どうも、相手が暗いところばかりをえらんで行くものですから、気が気ではございいませんで……」

「そうだろう。そうだろうとも」

「急の事件《こと》がないかぎり、遅くも明日の昼すぎには、四谷《よつや》の親分がこちらへ見えることになっておりますが、大先生、明日はどういうことに?」

「そうじゃな。では、わしも昼ごろに此処《ここ》へ来て、三人で相談をしよう。いずれにせよ、わしは、この眼《め》で、その瑞雲寺という寺をたしかめておきたい」

秋山小兵衛は、不二楼の店の者へ、たっぷりと〔こころづけ〕をあたえた。

不二楼の舟で帰る小兵衛を、舟着きまで見送りに来た傘屋の徳次郎へ、

「煙草《たばこ》でも、買っておくれ」

小兵衛がなんと、小判一両を包んでわたそうとした。

「いけません、大先生。こんなことをなすっては……」

「ま、いいではないか。こんなところで揉み合っても仕方がない。たのむから受けておくれ」

「どうも、こりゃあ……相すみませんでございます」

五

翌朝。

まだ暗いうちに、秋山小兵衛は目ざめて、臥床《ふしど》へ仰向《あおむ》けに寝たまま、天井を見つめて何やら思案にふけっていたようだが、ややあって、

「おはる。朝の仕度をしておくれ。ちょいと出かけて来る。おい、これ。起きぬか」

小兵衛が、となりの床に寝ているおはるの鼻を摘《つま》んだ。

「あれ……な、何をするのですよう」

「腹ごしらえをたのむ」

「あれまあ、まだ、こんな早いのに……」

「いいから、たのむ」

「何処《どこ》へ行きなさるですか？」

「舟はいらぬぞ」

小兵衛は湯殿へ行き、顔を洗った。

おはるが、小兵衛の注文で、卵の黄身を落した濃目《こいめ》の味噌汁《みそしる》に炊《た》きたての飯、大根の香《こう》の物《もの》を仕度して出すと、

「わしは、帰りに不二楼《ふじろう》へ立ち寄るから、お前も昼ごろに来ていなさい」

箸《はし》を取りながら、小兵衛がいった。

今朝の小兵衛は微笑の一片をも浮かべることなく、さすがのおはるも、

（あれまあ、今朝の先生は怖いこと）

黙って、うなずくと、小兵衛もそれからは一言も口をきかず、いつもの外出《そとで》の姿に脇差《わきざし》一つを帯し、竹の杖《つえ》を手に、頭巾《ずきん》をかぶって出て行った。

この頭巾は、おはるが去年の大晦日《おおみそか》に縫いあげたもので、薄く真綿が忍ばせてあり、寒がりの小兵衛は、

「これはよいなあ。なぜ、いままで思いつかなかったのじゃ」

大よろこびをしたものである。

隠宅を出た秋山小兵衛は、徒歩で七十八間《けん》の大川橋（吾妻橋《あずまばし》）をわたり、浅草の広《ひろ》小路《こうじ》から上野山下へ向って歩む。

そのころ、ようやくに、あたりが明るんできた。

小兵衛は、いま、谷中《やなか》の蛍沢へ向いつつある。

谷中・三崎《さんさき》の妙林寺のあたりを流れる小川や池には、夏になると殊《こと》のほかに蛍が多いので、この名がつけられた。

その小川までも、土地《ところ》の人びとは〔蛍川〕と、よんでいるそうな。

この日の昼すぎ、不二楼で四谷の弥七《やしち》、傘《かさ》屋の徳次郎と会い、打ち合わせをすませてから、徳次郎の案内で谷中の瑞雲寺を見に行くつもりだったが、明け方に目ざめたとき、

(その前に、わし一人で、その寺を見ておこう。そのほうが何かと打ち合わせに便利じゃ)

と、おもい立った。

つまりは、それだけ、小兵衛は、

(気が気ではなかった……)

のであろう。

小田切や平山浪人の口から、息・大治郎の名が出ただけならばともかく、去年の十二月はじめの、あの日に、波川周蔵襲撃の場面を目撃している小兵衛の脳裡《のうり》には、霧に包まれた謎《なぞ》の深さを追いきれぬもどかしさがあったのだ。

理屈ではなく、小兵衛の剣客としての感覚から、

(怪しい者どもが、波川をつかって、せがれの息の根を止めようとしている……)

この一事に狂いはないようにおもえた。

(あの波川を相手にしては、せがれも危い)

そして、それは、まさに小兵衛の勘ばたらきが適中していた。

もっとも波川周蔵が、大治郎襲撃を引き受けたのか、どうか。それはわからぬ。

(なれど、こうしているうちにも、やつどもが、波川周蔵へ手をまわしているやも知れぬ)

秋山小兵衛が不忍池《しのばずのいけ》のほとりをまわって、谷中へ出たとき、すでに朝の日は昇っていた。

蛍沢のあたりから東面を仰ぐと、谷中・日暮里《につぽり》の台地を、天王寺をはじめ多くの寺院の屋根が埋めつくしている。

だが、西の方は百姓家と雑木林がひろがっており、その彼方《かなた》に、駒込《こまごめ》へぬける団子《だんご》坂《ざか》が垣間見《かいまみ》えた。

小兵衛は、小川沿いの細道を通りかかった百姓姿の老爺《ろうや》に、

「このあたりに、瑞雲寺というお寺がござるかな?」

尋ねると、すぐに教えてくれた。

谷中からの道が団子坂へかかる右側に、板倉摂津守《いたくらせつつのかみ》の宏大《こうだい》な下《しも》屋敷がある。

瑞雲寺は、その板倉屋敷の裏手(北側)の木立の中に在った。

あたりは、木立と竹藪《たけやぶ》と田畑のみだ。

秋山小兵衛は、冬木立をぬけながら、ゆっくりと瑞雲寺へ近づいて行く。

少し前から風が出てきたとおもっていたら、はらはらと雪が舞いはじめた。

風花《かざはな》であった。

だが、快晴とまではいえぬが、朝空は晴れている。

なるほど、瑞雲寺は古びた小さな寺だが、山門は立派で、臨済宗の寺院らしい。

この寺に平山浪人が住んでいるとすれば、波川周蔵に右股《みぎもも》を傷つけられた、もう一人の浪人も共にいるのではないか……。

一応、寺の周辺をまわってみてから、小兵衛は山門が見える木立の中へ入った。

木立の蔭《かげ》から、瑞雲寺・山門の側面が見える。

ややしばらく、其処《そこ》に立ちつくしていたが、山門から出て来る人影もない。

(此処《ここ》からだと、杉本又太郎《すぎもとまたたろう》のところが近いな)

秋山父子《おやこ》と親密の間柄《あいだがら》で、いまも時折は、大治郎の道場へ来て稽古《けいこ》をつけてもらっている杉本又太郎の道場(無外流《むがいりゅう》)は団子坂の北側にある。

(もしも、この寺を見張るようなときには、又太郎の道場を根城《ねじろ》にできる)

そのようなことにまで、小兵衛の連想はおよびはじめた。

ともかくも、見張りや聞き込みについては、弥七と傘徳との打ち合わせをしてからのことだ。

(まだ不二楼へ行くのは早い。ついでのことに、ちょいと杉本又太郎の顔を見てくるか……)

此処から杉本道場までの距離や、道すじのありさまなどを見ておくつもりで、秋山小兵衛は身を返し、雑木林の中の落葉を踏んで蛍沢の方へ歩んだ。

およそ二、三十歩ほど歩いたとき、突然、左手の木蔭から浪人がひとり、ぬっとあ

られて、

「おい、これ」

いきなり、小兵衛の肩を摑《つか》んだ。

小兵衛は、そのままにして立ち停《ど》まり、

「何ぞ御用か？」

「老いぼれ、いま、何を見ていた」

押しつけるような低い声でいったのは、まさしく、波川周蔵に太股を斬《き》られた松崎浪人ではないか。

「別に、何も……」

「嘘《うそ》をつけ!!」

「嘘はつきませぬよ」

「こやつ!!」

いきなり、松崎浪人が小兵衛の頰《ほお》を平手で叩《たた》いた。

「何をなさる」

おだやかに咎《とが》めたものの、おどろいたことに小兵衛は逆らわぬ。

ほんらいならば、小兵衛の頰を打とうとした松崎の腕が空《くう》を切っていたはずではないのか。

「老いぼれ、来い」

松崎は小兵衛の右腕をぐいと摑み、木立の外の道へ引き出したが、このときも小兵衛は逆らわなかった。

「来い。糾明《きゆうめい》してくれる」

「何ぞ、お気にさわったことあらば、おゆるし下され」

「うるさい!!」

激しい勢いで、松崎浪人は小兵衛を瑞雲寺の山門の傍《わき》の潜《くぐ》り門《もん》の中へ引き入れてしまった。

風花は熄《や》んでいた。

頭巾《ずきん》の武士

「あの、もし……こちらに、波川周蔵さまというお人が、おいででございましょうか？」

「………」

「もし……」

「そのような人は、おらぬ」

「はあ、そうでございますか。どうも、こりゃあ、おかしいことで……」

「おかしい？」

「いえ、あの……私は、碑文谷《ひもんや》の法華寺《ほっけじ》の門前で茶店をやっている者でございますが、朝も早いうちに、店の前を掃除しておりまするとき、頭巾をかぶった、立派な、お侍さまが通りかかりまして、この手紙を、こちらの波川周蔵さまへ届けてくれと、こうおっしゃいましてな」

老爺《ろうや》の、その言葉に嘘《うそ》はないらしい。老爺は嘘をつけぬ顔をしていた。

「たしかに、こちらさまではねえかと、おもいますが……」

老爺は、手紙と共に持っていた一枚の紙きれを出して見せた。

近くの法華寺から、この家までの略図が簡明に描かれている。

「ふうむ。ちょっと待っていてくれ。私は、この家の者ではないのでな。その手紙を奥へ見せてこよう」

「へい」

疑うこともなく老爺は、手紙を波川周蔵に手わたした。

そのような人はいないと、波川周蔵自身がこたえたわけだが、いったん、家の中へ入って出て来た周蔵は、茶店の老爺に、

「いや、これは私の間ちがいだった。波川という人は、ここに住んではいないが、三日に一度は顔を見せるらしい。たしかに、お手わたししよう」

「ああ、よかった。そうでございますか。それは何よりで……」

「これは少ないが、煙草《たばこ》でも買ってくれ」

「いえ、頭巾のお侍さまからも、使い賃を過分に、ちょうだいしております」

「ま、よいから取っておきなさい」

「こりゃあ、どうも、申しわけのねえことでございます」

老爺が去って行くのを、波川周蔵は見送った。

この朝、周蔵は目ざめると、いつものように家の前庭へ出て、朝の大気を心ゆくまで吸ったり吐いたりしていた。

いまでいう深呼吸であるが、周蔵ほどの剣客になると、朝の深呼吸によって体調をととのえるばかりでなく、心理の上にも重い影響があるらしい。

深呼吸を終え、家の中へ入ろうとしたとき、件《くだん》の老爺があらわれたのだ。

蛍沢《ほたるざわ》の瑞雲寺《ずいうんじ》の中へ、松崎浪人が秋山小兵衛《こへえ》を強引に拉致《らち》したのは、ちょうど同じ日の同じ頃《ころ》おいであったろう。

波川周蔵は其処《そこ》に立ったまま、手紙を見た。

宛名《あてな》は〔波川周蔵殿〕とあり、裏を返すと、朱墨で〔蔭日向《かげひなた》二《ふた》つ巴《どもえ》〕の紋が描かれてあり、差出人の名前は書いてなかった。

周蔵は、手紙の封を切った。

手紙の文面は、ごく短かったようだ。

それを二度、三度と読み返し、文面のすべてを覚え込んでしまうと、周蔵は手紙を細く引き裂いた上で、これをまるめて袂《たもと》へ入れ、そのまま立ちつくしている。

周蔵の両眼《りょうめ》は閉ざされていたが、左の小鼻の黒子《ほくろ》がひくひくとうごいた。

やがて、裏手から前庭へまわって来た妻の静が、

「もし、お膳《ぜん》の仕度ができました」

と、告げた。


―


松崎浪人に右腕を摑《つか》まれた秋山小兵衛は、瑞雲寺の山門の傍《わき》の潜《くぐ》り門《もん》から境内へ連れ込まれた。

この間、小兵衛はいささかも抵抗せぬ。

「この老いぼれ。いまに見ろ」

「いったい、どうなさるので？」

「こっちへ来い!!」

潜り門を入ると、目の前に、藁《わら》屋根の小さな家があった。

その家の向うに、低い内塀《うちべい》があり、内塀の彼方《かなた》の竹藪《たけやぶ》ごしに、この寺の本堂の屋根が見える。

「どうした？」

松崎の声を耳にしたらしく、家の裏手の戸を開けてあらわれたのは、まさに平山浪人であった。

「外で、この寺を見張っていたのですよ、平山さん」

こういって、松崎浪人が小兵衛を突き飛ばした。

よろめいた秋山小兵衛は、竹杖《たけづえ》を手にしたまま、土の上へ崩れ折れて、

「私は、怪しい者ではありませぬよ」

「何だと……」

小兵衛を蹴《け》りつけようとする松崎をおさえて、平山浪人が前へ出て来た。

「おやじ。おのれは何者だ?」

「ごらんのとおり、隠居の身でござるよ」

「名は?」

平山に問われたとき、小兵衛はよほど「小田切」の姓を名乗ってみようかとおもった。

この二人は、あの小田切平七郎の指令を受け、蠢動《しゅんどう》しているのだから、もしも小兵衛が小田切の姓を口に出したら、びっくりするにちがいない。

二人を驚かせ、その出様《でよう》を看《み》るのも一つの手段だし、たとえば松崎浪人へ、

「股《もも》の傷は、もう癒《なお》ったようじゃな」

などと、声をかけたなら、どうであろう。

松崎は、驚愕《きょうがく》するにきまっている。

小兵衛は、その誘惑に引き込まれかけたが、

(いや、まだ早い)

おもい直した。

相手は、驚くと同時に、警戒するにちがいない。

その結果、彼らは、その本体を消してしまい、手がかりを摑み損ねるということもあり得る。

(そもそも、わしが、この浪人に見つけられたのが不覚であった)

逆らわず、此処《ここ》まで連れ込まれたのは、たとえ少しでも彼らの様子を、

(この目に、たしかめてくれよう)

咄嗟《とっさ》に、おもいついたことだ。

「これ、名は何という?」

「内山文太と申す」

先ごろ死去した旧友の名を、小兵衛は借りた。

「何、内山……」

「さよう。そもそも、わしは見張りなぞしておらぬ。風花が落ちてきたので、竹藪の中へ入り、熄《や》むのを待っていたのでござる」

小兵衛は、憤慨にたえぬという様子をしてみせた。

「嘘《うそ》をつけ」

と、松崎浪人が、小兵衛の肩をつかみ、

「立て!!」

「どうなさるのじゃ?」

小兵衛の声は、ふるえていた。

「こっちへ来い」

松崎は、小兵衛を垣根《かきね》の向うの庭へ引っ立てた。平山も後からついて来た。

「平山さん。少し、痛めつけてやりましょう」

「そうだな……」

平山浪人は、いきなり、腰にしていた小刀を抜きはらい、

「おやじ、その鼻を切られてもよいか。それとも、耳を切り落してくれようか」

凄《すご》い目の色になった。

「よしなされ、よしなされ」

弱々しく言いながらも小兵衛は、すかさず、縁側の向うの家や、あたりの様子を目に入れた。

家は二間《ふたま》か三間ほどだろう。この寺に関《かか》わりのある者が寝泊りするために設けられたのだろうが、ちょうど鐘《かね》ケ淵《ふち》の隠宅のような家だ。縁側の障子が一枚だけ開いてい

るが、内部の様子はわからぬ。家の中にはだれもいないらしい。

平山・松崎の二浪人が、ここに住み暮していることだけはたしかだ。

「泥《どろ》を吐け」

小刀を引っ提げて近寄って来た平山浪人が、

「吐け。吐けい!!」

「吐くものは、何もない」

「こやつ!!」

平山は、いきなり小刀で、小兵衛の左の耳を切ろうとした。実に乱暴きわまる。

その瞬間に、坐《すわ》っていた秋山小兵衛の手にあった竹杖が下から跳ねあがって、平山の股間《こかん》を撃った。

軽く、着物の上から撃ったように見えたが、平山の股間の一物《いちもつ》が受けた衝撃は意外に強烈だったらしい。

「あっ……」

叫んだ平山が、よろめくのと、

「こやつ!!」

松崎浪人が大刀を抜きはらうのと、小兵衛の躰《からだ》が鳥のように斜め右手へ飛んだのが同時である。

「ぬ!!」

松崎は、これを追って大刀を振りかぶった。

小兵衛が垣根を躍りこえざま、振り向いて竹杖を松崎へ投げつけた。

杖は生きもののように疾《はし》り、松崎の顔面を襲った。

「あっ……」

松崎は大刀で、これを打ちはらおうとしたが、竹杖は松崎の刃風を潜りぬけ、顔面を撃った。

「おのれ……」

松崎が左手に左眼を押え、よろめいたとき、秋山小兵衛の躰は軽々と内塀を飛び越え、瑞雲寺・境内の竹藪の中へ消えてしまった。

「くそ!!」

尚《なお》も、松崎が追わんとするのへ、

「待て」

平山浪人が、左手に股間を押えつつ、

「寺の者に知られてはまずい」

と、いった。

「あの、おやじ……」

「徒者《ただもの》ではない。松崎、おぬし、勘ちがいをしていたのではないか？」

「い、いや、たしかに凝《じっ》と、長い間、寺の山門を見つづけていたのです」

「か、風花を避けていたと、申していたぞ」

「ですが、平山さん。う、うう……」

「どうした。眼を、やられたのか？」

「畜生……」

「来い。手当をしてやろう」

「平山さん。あなたも……」

「油断をして、やられた」

と、平山は落ちていた竹杖を拾いあげ、見入りながら、

「あの、おやじ。むかしはきっと、人に知られた、手練者《てだれ》だったにちがいない」

呻《うめ》くがごとくにいった。

二

秋山小兵衛が辻駕籠《つじかご》を拾い、橋場《はしば》の〔不二楼《ふじろう》〕へ着いたとき、四谷《よつや》の弥七《やしち》は、まだ顔を見せていなかった。

小兵衛は、始終を傘屋《かさ》の徳次郎へ語り、

「わしとしたことが、いささか早まりすぎたわえ。齢《とし》をとると、気が急《せ》いて困る。まして、あの浪人に見つけられるとはなあ……わしも、惚《ぼ》けてきたようじゃ」

傘徳は、苦笑している。

「逃げたついでに、あの寺の境内を、一まわりしてみたが……」

「どうでございました？」

「庭を掃いていた坊さんが、わしを見たけれども、格別に怪しむ様子はなかった。あの浪人どもは何かの手づるで、裏の家を貸してもらっているのだろうが、寺のほうは怪しい事に関わっていないようにおもえる」

「さようでございましたか」

「だって、二人とも、わしを追いかけて来なかったもの。これは騒ぎを寺のほうに知られたくないからじゃ」

「なるほど……」

「徳次郎。わしは、ちょっと大治郎《だいじろう》のところへ行って来る。弥七が来たら、待っていてもらっておくれ」

「承知いたしました」

「わしはな、嫁と孫と、それからおはるを、しばらくの間、おはるの実家《さと》へあずけ、わしは大治郎のところへ寝泊りするつもりじゃ。これなら、此処《ここ》にいるお前との連絡《つなぎ》もすぐにつこうし、女や子供のことを心配せずにすむ」

女といっても、大治郎の妻の三冬《みふゆ》は男に引けをとらぬ腕前だが、何といっても、孫の小太郎《こたろう》は三歳の幼児ゆえ、いざとなったときのことを考えると、この孫を目の中に入れても痛くない小兵衛だけに、不安でならぬ。

「このことを弥七にも、はなしておいておくれ」

いい残して、小兵衛は大治郎宅へおもむいた。

秋山大治郎は、小兵衛からすべてを聞くや、たちどころに、

「何事も、父上に従います」

と、いった。

三冬も、同様である。小太郎を産んでからの三冬は、何事にも素直になった。以前の三冬なら、腕におぼえがあるだけに、自分も大治郎と共にいると主張したにちがいない。

この日。道場には五人ほどの門人が稽古《けいこ》をしていたが、その中に、永井源太郎《ながいげんたろう》がいた。

永井源太郎という若者については〔罪ほろぼし〕の一篇にのべておいたが、秋山小兵衛と源太郎は奇縁にむすばれている。

源太郎の父・永井十太夫元家《じゆうだゆうもといえ》は、千五百石の大身旗本であったが、直心影流《じきしんかげりゆう》の剣士でもあって、刀だめしの辻斬《つじぎ》りをやったのが病みつきとなった。

或《あ》る夜、ほかならぬ秋山小兵衛へ斬りつけたのが端緒となり、十太夫は捕えられ、幕府から切腹を申しつけられた。

むろんのことに、千五百石の家は取り潰《つぶ》され、源太郎は母と共に、母の実家へ引き取られたのである。

だが、間もなく母が病死するや、実家の源太郎へ対するあつかいも、居たたまれぬような、冷たいものに変り、ついに源太郎は出奔してしまった。

源太郎は、弓術の師・井沢弥平太《やへいた》の許《もと》へ身を寄せ、後に、そこの下男の姪《めい》の家へ寄宿するようになったが、この姪はおふくといい、源太郎より八歳も年上で、死んだ夫との間に生まれた男の子がいる。

おふくは、秋山小兵衛の隠宅からも近い若宮村の百姓家に住み、亡夫が残した幾許《いくばく》かの田地を耕していた。

そのころ、永井源太郎の危急を、偶然に小兵衛が救ったことがある。

「その折は、秋山先生に、まことにもって御迷惑をおかけいたしました」

源太郎は、父を追いつめた小兵衛を恨むどころか、父の非行を詫《わ》びた。

亡母の育て方がよかったらしく、その上に、少年のころから苦労をしつづけてきた永井源太郎は、二十《はたち》をこえたばかりの若者とはおもえなかった。

源太郎は、いま、あの事件が切掛けとなって、子持ちの寡婦《かふ》のおふくと夫婦になっている。

源太郎は、以前に用心棒をしていた、本町四丁目の薬種問屋〔啓養堂《けいようどう》〕からも身を引き、おふくを助けて百姓仕事に精を出すかたわら、

「ぜひとも、稽古をつけていただきたく存じます」

申し出て、秋山大治郎の門人となった。これが去年の秋のことだ。

子供のころからの病身によいといわれて始めた、源太郎の弓術は見事なものだが、さらに剣をまなび、心身を鍛えるつもりなのであろう。

秋山小兵衛は、大治郎と相談をし、稽古中の永井源太郎を、奥の部屋へまねいた。

「源太郎殿。毎日、出精のようじゃな」

「は。おそれいります」

「実はな、折入って、たのみがあるのじゃ。ちょと手不足になったのでのう」

「何なりと、おいいつけ下さい」

「わしのところに、泊り込んでもらいたいのだが、どうであろう？」

「承知いたしました」

事情も聞かず、即座に源太郎がうなずき、

「ほかに、うけたまわっておくことはございませぬか?」

「さればさ……」

小兵衛は、大治郎をまじえ、およそ半刻《はんとき》(一時間)ほど源太郎と打ち合わせをしてから、不二楼へ取って返した。

三冬は、身のまわりのものを荷物にしている。

不二楼では四谷の弥七が待っていて、

「大先生《おおせんせい》。ちょいと早まったことをなさいましたね」

「そういうな。面目ないではないか」

傘徳をまじえ、昼餉《ひるげ》をしたためながら、三人が打ち合わせをしているころ、秋山大治郎と三冬は小太郎、永井源太郎と共に家を出て、橋場の船宿(鯉屋《こいや》)から舟に乗って大川《おおかわ》(隅田川《すみだがわ》)をわたり、小兵衛の隠宅へ向った。

この舟は、先日、秋山小兵衛が鯉屋の女あるじにたのみ、新たに買い入れたものである。

隠宅にいるおはるは、まだ何も知らない。

波川周蔵が碑文谷《ひもんや》の寓居《ぐうきょ》を出たのは、ちょうどそのころであったろう。

この日の波川周蔵は羽織・袴《はかま》という、やゝあらたまった身形《みなり》であったが、衣服は着古したものを丹念に手入れしたもので、袖《そで》のたけが短い。いかにも武道の修錬にはげむ男らしく見えた。

周蔵は、外へ出てから塗笠《ぬりがさ》をかぶった。

三

碑文谷《ひもんや》から西南一里ほどを隔てた奥沢村に、九品山《くほんざん》・浄真寺という大刹《たいさつ》がある。

浄土宗の、この寺は延宝六年（一六七八年）の開基で、戦国のころは吉良《きら》家の老臣・大平出羽守《でわのかみ》の城があったという。

九品仏ともよばれる浄真寺は、いまも旧態をよくとどめており、城の空堀《からぼり》の跡があきらかにみとめられる。

いまは、世田谷《せたがや》区等々力《とどろき》であるが、江戸のころは全くの田園地帯の、鬱蒼《うっそう》たる杉の杜《もり》に包まれた宏大《こうだい》な境内に、仁王門・本堂・方丈・諸堂宇が点在していた。

碑文谷から此処《ここ》まで、波川周蔵は、ゆっくりと時間をかけて到着した。

無風快晴の午後だけに、参詣《さんけい》の人も少なくなかったが、周蔵は仁王門を潜《くぐ》ると、左手の鐘撞堂《かねつきどう》のある一角へ足を踏み入れた。

この一角は木立に囲まれていて、参詣の人の姿も見えぬ。

周蔵は鐘撞堂のまわりを歩いてから、低い崖下《がけした》の田地が見える場所に立った。

このとき、杉木立の中からあらわれた人影がある。

侍であった。羽織・袴《はかま》に塗笠《ぬりがさ》という姿だが、波川周蔵の質素な姿とはちがい、だれの目にも、

「どこぞの御大名の御家来……」

と、見えたろう。

周蔵は、その侍の気配に振り向いた。

侍は、近寄って来て、

「波川周蔵殿ですな？」

「さよう」

「今朝ほど、松平伊勢守《まつだいらいせのかみ》様の御書状を、お届けしたものでござる」

二人とも、まだ笠はとらぬが、この侍の声を、もしも不二楼《ふじろう》の主人が耳にしたら、すぐさま、小田切平七郎とわかったにちがいない。

周蔵は笠の内から小田切を見て、しばらく沈黙した。小田切も同様である。

たがいに、探り合っていたようだが、ややあって周蔵が、

「伊勢守様は、いずこにおられる？」

「案内《あない》つかまつる」

こういって、小田切平七郎は先に立った。

浄真寺の惣門《そうもん》前の参道には、藁《わら》屋根の茶店や、みやげものを売る店がたちならんでいるが、小田切平七郎は波川周蔵へ振り向くこともなく先へ行く。

小田切が振り向いたのは、浄真寺の南へ十町ほど行ったところで、

「こちらへ」

周蔵へ声をかけ、木立の中の細道へ入って行った。

細道の突き当りに、古びた腕木門《うでぎもん》がある。

塀《へい》はなく、柴垣《しばがき》をめぐらした中に、何やら茶亭めいた茅《かや》ぶき屋根の家があった。このあたりの物持ちの、別宅ででもあろうか……。

あたりは静まり返って人影もないが、周蔵は木立の中に一人や二人ではない人の気配を感じた。

小田切は、戸を閉ざした玄関の傍《わき》を右手へまわって行く。

柴垣が切れると庭が見えた。

ほとんど手入れをしていない、荒れた庭である。

小田切は沓脱《くつぬ》ぎから縁側へあがり、障子を開け、また「こちらへ」と周蔵にいった。

そこは三畳の小部屋で、襖《ふすま》を開けると小廊下になっている。

その小廊下に控えていたらしい侍がひとり、すっと廊下を曲がって姿を消したが、

小田切平七郎は気にもかけず、小廊下に片膝《かたひざ》をつき、

「波川周蔵殿、見えてございます」

小廊下の向うの襖へ声をかけ、その襖を音もなく引き開けた。

部屋の中に、立派な身なりの侍がひとりいて、こちらへ顔を向け、うなずいた。

侍の顔は、頭巾《ずきん》に包まれている。

前に、小田切が供をして、不二楼へ微行であらわれた頭巾の侍がこれであった。

波川周蔵が部屋へ入ると、小田切は襖を閉め、小廊下へ残った。

「周蔵。久しぶりよの」

と、頭巾の侍がいった。

抑揚のない、低い声であるが、よく通る。

周蔵は両手をつき、

「御健勝にて……」

わずかに、頭を下げた。

「む……」

うなずいた頭巾の侍が、

「これへ」

顎《あご》で、さしまねいた。

周蔵は無言で、侍へ近寄った。

侍が、躰《からだ》の向きを変えて、

「子が生まれたそうじゃの」

と、いう。

侍の両眼《りようめ》が、針のように光っていた。

灰色の頭巾は、侍の鼻の中ほどまで覆《おお》っている。

顔をあげた波川周蔵は、相手の、頭巾の中の眼をひたと見つめ、

「このたびの、お呼び出しは、どのような事でありましょうか？」

言葉は丁重であったが、少しもへり下ったところはない。

「されば……」

いいさして、頭巾の侍が、

「人ひとり、あの世へ送ってもらいたい」

事もなげにいった。

周蔵は、沈黙した。

頭巾の侍も、沈黙した。

この部屋は庭に面していないので、襖を閉め切った八畳の間は薄暗かった。床の間には書画の軸も掛かっていない。黴《かび》くさい匂《にお》いが部屋の中にこもってい、火の気もなかった。

人が住んでいない家へ、頭巾の侍は波川周蔵を呼び出したのだ。

ややあって、侍が、つぶやくがごとくに、

「周蔵でなくては、仕留めることができぬ相手なのじゃ」

周蔵は依然として、沈黙している。

「周蔵を探すに、骨が折れたわ」

「…………」

「周蔵、わしのたのみじゃ」

「…………」

「たのむ。よも、断わることはあるまいな」

周蔵は、こたえぬ。

また、二人は沈黙した。

しばらくして、今度は、波川周蔵が口を切った。

「何者を斬《き》れ、と、申されますか？」

「秋山大治郎という剣客を、あの世へ送ってもらいたい」

「…………？」

波川周蔵の両眼が、急に細くなった。

胸の内の動揺が眼の色にあらわれることを、本能的に防いだのだといってよい。これは、常人の本能ではないともいえるだろう。

周蔵は、秋山大治郎の名を知っていた。

何故というのなら、かの老剣士・稲垣忠兵衛《いながきちゅうべえ》が秋山小兵衛について周蔵に語り、このついでに、

「御子息の大治郎殿は、真崎稲荷《まさきいなり》の裏の丘の上で、道場をひらいておられ、また、御老中《ろうじゅう》・田沼主殿頭《とのものかみ》様・御屋敷内の道場でも、御家来衆を教えていなさるそうな」

と、いった。

そのときは、まだ、浅草・新鳥越《しんとりごえ》の永久寺の隠居所に住んでいた波川周蔵だけに、

(一度、秋山先生の御子息の道場を、見ておきたいものだ)

そうおもって、二度ほど出かけてみたが、二度とも大治郎は田沼屋敷の稽古日《けいこび》で、道場にはいなかった。

そこで、門人たちの稽古を外から見たわけだが、それだけでも、道場主の秋山大治郎がどのような剣客であるかを、周蔵は察知していた。

そして、秋山小兵衛とおもわれる老人を、周蔵は二度ほど、路傍で見かけていた。

孫らしい男の子を抱いた小柄《こがら》な老人と、わが子の八重の手をひいた波川周蔵とは、真崎稲荷の近くで、去年の春と夏のころ、二度ほど行き合い、双方ともに幼い子を連れていただけに、どちらともなく微笑を浮かべ、会釈《えしゃく》をかわしたことがあった。

（あの老人が、秋山小兵衛先生ではあるまいか……）

稲垣忠兵衛に、それとなく問いかけてみると、忠兵衛が語る秋山小兵衛の風貌《ふうぼう》にそっくりであったから、いまの周蔵は、あのときの老人が小兵衛にちがいないと、おもいこんでいる。

周蔵は間もなく浅草から移転してしまったので、その後は、孫の小太郎を抱いた秋山小兵衛の姿を見てはいなかった。

「周蔵に、このような事をたのむのは、はじめてじゃ」

頭巾の侍は、嘆息を洩《も》らし、

「たのむ」

また、いった。

周蔵が、微《かす》かに身じろぎをして、

「その秋山大治郎と申す剣客を、いかなる事情《わけ》あって斬らねばなりませぬか？」

「わけは申さぬ。ただ、斬ってもらいたい。手引きは、こちらでいたすが、まだ先のことじゃ」

「私の居所が、よく、おわかりになりましたな」

「探すに、骨が折れたわ」

頭巾の侍は、波川周蔵と稲垣忠兵衛の交誼《こうぎ》を知らぬ。

したがって周蔵が、稲垣忠兵衛から秋山父子《おやこ》について聞きおよんでいることも知っていない。

周蔵もまた、このことを頭巾の侍に打ちあけぬまま、

「では、これにて」

両手をつき、辞去のかたちをしめしたのである。

「待て、周蔵。承知をしてくれたのじゃな?」

「………」

「断わるつもりか?」

「………」

「断われまい」

「………」

「三日後の、この時刻に此処へまいって、しかと返答をいたせ。よいか」

周蔵は黙って、一礼し、腰をあげた。

「こたびの事は、天下《てんが》の事じゃ。これだけは申しておく」

周蔵が、いぶかしげに頭巾の侍を見やった。

頭巾の侍は颯《さっ》と立って、

「周蔵。おのれの、母がことを忘るなよ」

いうや、襖を開け、奥の間へ消えた。

波川周蔵が小廊下へ出て行くと、其処《そこ》に小田切平七郎がいて、

「お送り申す」

周蔵の先へ立ち、浄真寺の惣門前まで送って来た。

「では、これにて」

一礼した小田切が、

「三日後を、お忘れなきよう」

いい残し、立ち去って行く。

周蔵は、最寄《もよ》りの茶店へ入り、酒を注文した。

いつの間にか、日が傾いている。

門前を行き交う人の姿も、疎《まばら》になってきていた。

運ばれてきた熱い酒を一口のんだ波川周蔵は、その盃《さかずき》を手にしたまま、茶店の垣根の向うに白い花をつけている寒椿《かんつばき》に視線をとどめ、うごかない。

周蔵の両眼は空虚《うつろ》で、光りが失《う》せている。

四

その日。碑文谷《ひもんや》の寓居《ぐうきょ》へ帰った波川周蔵には、別して、変った様子もなかった。

だが、翌日の昼餉《ひるげ》をすませたとき、周蔵は妻の静へ、

「せっかく、此処《ここ》の暮しにも馴染《なじ》んだというのに、気の毒ではあるが、近いうちに他所《よそ》へ引き移ることになるやも知れぬ」

と、いい出した。

静は、夫の顔を見やって、しばらくは黙っていたが、

「そのつもりでいてもらいたい」

念を入れる夫へ、

「承知いたしました」

「すまぬ、な……」

「いえ……」

例によって、この夫婦の会話は簡短をきわめている。

去年は、浅草から郊外の高田《たかた》へ移り、さらに目黒の碑文谷へ移転した。すべて、夫の周蔵の一方的な行動であり、常の夫婦ならば、夫は事情を打ちあけ、妻は聞かなければ、すむわけのものではない。

それなのに、静は、どこまでも夫のいうままにしている。事情を問いつめるわけでもなく、言動にも不安や怒りをあらわさぬ。

(夫が事情を打ちあけぬのは、それだけの理由《わけ》があるのだから、問うても仕方がない。問うて、偽りの返事を聞かされるよりは黙っていたほうがよい)

静は、そうおもっている。

亡父の浪人・深井《ふかい》荘介《そうすけ》は、そのようにして、静を育ててきた。

亡母も無口なひとで、両親と娘の三人が、ほとんど一日中、語り合うこともなくすごした日もある。

それでいて、せまい家の中には和気がみちており、たがいに見交す眼の色で、すべてが事足りたのである。

少女の静が縫い物をしていて、わからないところがあると、傍にいる母を見やる。

すると、母はうなずいて微笑し、黙って、教える。

静が、頭を下げる。

母は、また、うなずき、父のほうを見やると、書物を読んでいた父が、にっこりと笑って見せる。

母が立って茶をいれ、菓子の用意をする。

三人とも、これだけで充分だったわけだが、他人が見たら、とても納得が行くまい。

父が、あるとき、静にこういったことがある。

「言葉に出してしまうと、人の真実《まこと》というものが、却《かえ》って通じなくなってしまうものじゃ」

それにしても、妻の目から見れば、波川周蔵の近ごろの行動は不可解の一語につきる。

あわただしい、移転につぐ移転。

外出《そとで》中の夫は、いったい、何をしているのであろうか。

わからぬことばかりであったが、ただ、はっきりと静の、

(腑《ふ》に落ちている……)

ことは、夫の周蔵が、自分と我が子の八重に深く深く愛をかたむけている、この一事であった。

(自分のような女なればこそ、周蔵どのは妻に迎えた……)

と、おもわざるを得ない。

亡父も、自分の過去を自分の口から娘に語ったことは、一度もない。

夫もまた、同様であったが、静にとっては周蔵のみならず、人の過去などを耳にしても、仕方のないことなのだ。

波川周蔵は、頭巾《ずきん》の侍と約束をした当日に件《くだん》の家へ出向いて行ったが、このときは、小田切平七郎のみが待っていた。

二人の密談は半刻《はんとき》もかからずにすみ、周蔵は碑文谷に帰って来たが、寓居にいて下

男のかわりをつとめている老爺《ろうや》の為吉《ためきち》へ、

「すまぬが、萱野《かやの》の元締に会いたいので、都合を尋《き》いてもらいたい」

と、たのんだ。

為吉は、すぐに白金《しろがね》十一丁目の〔亀田屋《かめだや》〕へ行き、引き返して来て、

「元締は今夜、退《の》っ引《ぴ》きならぬ用事で何処《どこ》かへ、お出かけになるので、明日の昼前に山の井で、お待ちしているそうでございます」

萱野の亀《かめ》右《え》衛門《もん》の返事を、周蔵へつたえた。

翌日は、朝から雪になった。

波川周蔵が、目黒不動・門前の料理屋へ到着すると、すでに萱野の亀右衛門は待っていた。

「先生。雪の中を、わざわざ……」

「いや元締。それは私が申すことだ」

「この雪は、積もりそうでございますねえ」

「元締。去年に聞いた仕掛けの一件だが、私に代る者が取りかかっているのか、どうか、それをうかがいたい」

亀右衛門は、無言で周蔵を注視していたが、

「ま、お一つ」

周蔵の盃《さかずき》へ酌《しゃく》をしてから、

「それが、先生に代る者がおりませんので」

「いない……」

「はい。殺す相手が、ちょっと手強《てごわ》すぎましてなあ」

「私が、やってもよい。いや、やらせてもらいたい」

「これは、どうも……めずらしいことがあるものでございますね」

「いけないか?」

「とんでもないこと。そもそも、この仕掛けは、どうあっても波川先生にとおもえばこそ、去年、師走《しわす》に入ったばかりのころ、此処へ来ていただき、お願い申したのでございますよ」

「あのときは、辞退したが……」

「いまならば、引き受けて下さるので」

「さよう」

「先生……」

亀右衛門は、ちょっと言い淀《よど》んだが、

「もしも、お金《たから》が御入用ならば、仕掛けの事は別にして、御用だてをいたします。少しも御遠慮なさるにはおよびません」

「かたじけない」

と、波川周蔵は頭を垂れたが、

「いや、金に困っているのではない」

「え……？」

「金は要らぬ。ほしくはないが、この仕掛けを引き受けるかわりに、元締にたのみがある」

「ほう……」

「いまの自分には、このような事をたのむ人は、元締よりほかにいないのだ」

「よろしゅうございます。何なりと、たのんでみて下さいまし」

「すまぬ」

「何の……私のような稼業《かぎよう》をしておりますと、他人を好きだ、嫌《きら》いだとおもっては稼業が成り立たぬと申しますが、私には、どうも、それができません。このことが、おわかりでございますか？」

「自分ごとき者を、さほどに、おもっていて下さるか」

「そりゃあ、私の勝手でございます。さ、何なりと、打ちあけてみて下さいまし」

「その前に、こたびの仕掛けを、ぜひとも引き受けさせてもらいたい」

「はい。それでは、おのぞみのままにいたしましょう」

「かたじけない」

「それは、私から先生へ申しあげる台詞《せりふ》でございますよ」

「いま、すぐにではない。この仕掛けを首尾よく終えてから、私が時期を見はからってたのむゆえ、そのとき、すぐさま、妻と子を安全な場所へ隠してもらいたいのだ」

「……？」

萱野の亀右衛門は、目をみはったままである。

「元締……」

「はい……」

「わかっていただけたか？」

「わかったと、申しあげておきましょう」

「隠し場所の仕度だけは、いまから、たのむ」

亀右衛門は大きくうなずき、盃の冷えた酒を、ゆっくりとのみほして、

「それは、あの……」

いいかけるのへ、波川周蔵は、

「この上の事は、何も尋かずにいてもらいたい。たのむ。語るべきときには、かならず、元締に聞いていただくつもりなのだ」

いつもの周蔵に似合わず、その声は微《かす》かにふるえている。

五

秋山小兵衛が、麻布《あざぶ》・仙台坂《せんだいざか》の伊達《だて》家・下《しも》屋敷(別邸)に病臥《びょうが》している稲垣忠兵衛《いながきちゅうべえ》を見舞いに出かけたのは、一月十八日のことであった。

この前のときと同様に、四谷《よつや》の弥七《やしち》が見え隠れに、小兵衛の後から附いて行く。

二日の間、降りつづけていた雪も解けて、このところは暖かい晴天がつづいている。

あれから、谷中《やなか》・蛍沢の瑞雲寺《ずいうんじ》のまわりを、弥七も傘《かさ》屋の徳次郎も何度か見まわっているが、平山・松崎の二浪人の姿を見かけてはいない。

小田切平七郎も、不二楼《ふじろう》へあらわれぬ。

傘徳が瑞雲寺を探りに行くときは、かならず秋山小兵衛が不二楼へ詰めている。

「どうも、あの瑞雲寺は見張りにくうございますね」

四谷の弥七が、そういった。

前《さき》に、秋山小兵衛が松崎浪人に見つけられ、彼らを打ち倒して逃げて来ただけに、迂闊《うかつ》なことはできなかった。

それに、人家も人通りも少ない場所ゆえ、長く見張っていては、どうしても人目に立つのである。

小兵衛は、おもてにこそ出さぬが、気が気ではなかった。

あの波川周蔵が、

(せがれの油断をねらって、襲いかかったならば、せがれも、危《あや》うい……)

このことであった。

波川周蔵の居所さえわかれば、打つ手もある。

いまのところ、その手がかりを得るための唯一《ゆいいつ》の手段は、周蔵が、伊達屋敷の稲垣忠兵衛を見舞いにあらわれるのを待ち、これを尾行するよりほかはない。

しかし、他《ほか》にも周蔵を尾行する怪しい者がいたのだから、これも見張りがむずかしい。

(なれど、こうしていても仕方がない。ともかく、波川周蔵について、もっとくわしいことを稲垣に尋いてみるだけでもよい)

そこで、この日。小兵衛と弥七は仙台坂へおもむいたのだ。

この日、善福寺の門前で、秋山小兵衛は駕籠《かご》を降り、

「これで、帰っておくれ」

なじみの〔駕籠駒《こま》〕の駕籠舁《か》きにいって、善福寺の境内へ入って行った。その姿を、四谷の弥七が何処からか見ているにちがいない。

ところが……。

惣門《そうもん》から坂になっている石畳の参道を、中門の方へ歩んでいた秋山小兵衛が、

(あっ……)

胸の内に叫び、くるりと身を返して、参詣《さんけい》の人びとの蔭《かげ》に身を隠しつつ、惣門の外へ引き返した。

何となれば、いましも中門を潜《くぐ》り、こちらへ向って来る波川周蔵を見たからである。

小兵衛は塗笠《ぬりがさ》をかぶっていたし、参詣の人びとも多く、周蔵に気づかれてはいなかった。

惣門を出て、右側の茶店へ小走りに入った小兵衛の後から、四谷の弥七があらわれ、

「大先生《おおせんせい》。どうなさいました?」

ささやいてよこした。

「見たよ。こっちへ来る」

「その、波川とやらが?」

「うむ」

波川周蔵は笠も頭巾《ずきん》もかぶらず、惣門を出て来ると、広い道の向う側に客を待っていた辻駕籠《つじ》の方へ近寄って行くではないか。

「弥七。たのむぞ」

「はい」

「あ……辻駕籠へ乗った」

「後を尾《つ》けるには、この上もないことで……」

「ぬかるなよ」

「合点《がってん》でございます」

弥七は茶店で菅笠《すげがさ》を買い、ふらりと外へ出て、見えなくなってしまった。

波川周蔵を乗せた辻駕籠は北へ向って行く。

これを尾行する四谷の弥七の姿は、さすがに御用聞きだ。茶店の中から注視している小兵衛の目にもとまらなかった。

やがて小兵衛は、伊達屋敷の通用門から中へ入って行った。

稲垣忠兵衛は、新年早々に秋山小兵衛が、つづけて二度も見舞いにあらわれたものだから恐縮しきっていた。

「いやなに、今日は、この近くまで用事ができたので、そのついでのことなのじゃ。躰《からだ》のぐあいはどうじゃな?」

「はい。おかげをもちまして、暖かくなりますれば、床をはらうことができそうなので……」

「おお、それは何より」

「秋山先生には、何から何まで、お世話をおかけ申しまして、かたじけのう存じます」
「いやいや、そのように申すな」
「先生。一足ちがいでござった。少し前に、かの波川周蔵殿が帰ったばかりで……」
「ほう。それは、会ってみたかったのう。で、波川殿は、いま何処に住み暮している
のじゃ？」
「拙者《せっしゃ》も、それを尋ねてみましたところ、いま少しで身が落ちつくゆえ、その折に、
お知らせをすると申されましてな」
「ふうむ……」
「波川殿も、今日は、秋山先生と御子息のことを、いろいろと尋ねておりました」
「おぬしにかえ？」
「はい。拙者が私淑してやまぬ秋山先生に、波川殿もぜひ、お目にかかりたい様子で
ありました」
「さようか……」
ちょうどうまく、はなしが出たものだから、小兵衛は波川周蔵について、いろいろ
と問いかけてみたが、稲垣忠兵衛のこたえは、以前、小兵衛が耳にしたことばかりで
あった。
何しろ、周蔵は自分の居所さえ語らぬのだから、家族のことや、おのが身の上につ

いては、ほとんど洩《も》らしていない。
体調がよくなったので、ふだんは無口な稲垣忠兵衛が、しきりに語りかけてきたが、
「疲れが出るといかぬぞ」
半刻《はんとき》ほどして、秋山小兵衛は伊達屋敷を出た。
午後の冬空は晴れわたっていたが、今日は風が冷たい。
(弥七が、首尾よく、波川の居所を突きとめてくれればよいが……)
いまは、それだけがたのみであった。
笠の内の顔を伏せて、小兵衛は、とぼとぼと仙台坂を上って行った。

忍び返しの高い塀《へい》

時刻は、夜の五ツ半（午後九時）をまわっていたろう。

少し前から、雪が落ちてきはじめた。

日本橋川へ架かる江戸橋の南詰に〔吉野屋《よしのや》〕という料理屋がある。

対岸は、魚市場で、夜が明けてからのにぎわいと活気は、一種特別なものがあり、このあたりは江戸の一等商業地区だが、夜ふけになれば、灯が洩《も》れているのは料理屋ぐらいなものだ。

吉野屋の裏手は、日本橋川に沿った木更津河岸《きさらづがし》へ通じてい、深い闇《やみ》の川面《かわも》に荷船がいくつも浮かんでいる。

その川面の江戸橋寄りの舟着き場で、小ぶりな屋根舟が、客を待っていた。

いましも吉野屋から河岸へあらわれたのは、筋骨のたくましい中年の侍と、これを見送りに出た恰幅《かっぷく》のよい町人が二人。提灯《ちょうちん》を手に先へ立ったのは吉野屋の若い者らしい。

そして、三人の客のうしろから座敷女中が二人と女あるじがついて、客たちへ傘《かさ》をさしかけつつ、舟着き場へ近寄って来た。

若い者が、屋根舟の船頭へ、

「加賀屋さんの舟だね?」

と、声をかける。

「へい。さようで」

頰《ほお》かぶりの手ぬぐいをはらって、船頭が頭を下げた。

中年の侍が、見送りの町人ふたりへうなずいて見せ、屋根舟へ乗り込んだ。

すぐに、舟は暗い川面へすべり出て行った。

屋根舟は江戸橋の下をくぐり、東へすすむ。

「行先は、聞いておろうな?」

客の侍が、船頭に声をかけた。

「へい。承知しております」

威勢のよい船頭の声が返ってくる。

大刀を腰から脱し、坐《すわ》り込んだ侍は、ふところから頭巾《ずきん》を出し、総髪《そうがみ》の頭から顔を包んだ。浪人のようにも見えるが、それにしては身なりがよすぎる。大小の刀も立派な拵《こしら》えであった。

と……。

侍の両手が、まだ頭巾からはなれぬ一瞬に、前の障子が、するりと開いた。

船頭の他に、別の男が舳先《へさき》のあたりへ身を潜《ひそ》めていたのだ。

「あっ……」

おどろいた侍が頭巾から手をはなし、大刀をつかむ間《ま》もなく、差添の小刀へ手をかけるのと、舳先にいた男が手槍《てやり》を突き入れるのとが同時であった。

舟が激しく揺れうごき、侍の絶叫が起った。

侍は辛うじて小刀を抜きはなち、片膝《かたひざ》を立てたけれども、手槍に深々と左胸下を突き刺され、

「う、うう……」

必死に、手槍を引き抜こうとするのだが、どうにもならぬ。

侍の口から、おびただしい血汐《ちしお》がふきこぼれてきた。

左手に手槍の柄《え》をつかんだまま、侍が俯《うつぶ》せに倒れた。

揺れがとまった屋根舟は、ゆっくりと川を下って行く。

舳先にいた男が手槍をはなし、舟の屋根ごしに船頭へ、

「終った」

と、いった。

この男は、ほかならぬ波川周蔵である。

周蔵は、船頭と同じような風体をしており、灰色の布で頬かぶりをし、腰に脇差《わきざし》を帯びていたが、結局は手槍のみで、相手を仕留めたことになる。

舟は、三《み》ツ俣《また》から大川《おおかわ》（隅田川《すみだがわ》）へ出た。

ここで、侍の死体に銅製の碇《いかり》が綱で結びつけられ、屋根舟から川の中へ沈められた。

萱野《かやの》の亀《かめ》右衛《え》門《もん》が綿密に仕組んだ手引きのままに、波川周蔵はみちびかれ、亀右衛門が、

「今度の相手は強すぎます。どうしても先生に出ていただかぬと……」

そういった相手を、周蔵は手槍の一突きで殪《たお》した。

亀右衛門から、この殺しの計画を聞いて、手槍をつかうことに決めたのは周蔵自身であった。

その手槍も重しをつけて、川中へ投げ込まれた。

「私を、両国橋の近くでおろしてくれ」

と、周蔵が船頭にいった。

むろんのことに、この船頭は、亀右衛門の配下だ。

「よろしゅうございます」

「後の始末を、たのむぞ」

「へい」

恐るべき相手を一突きに仕留め、返り血もあびていない波川周蔵を、むしろ呆《あき》れたように船頭は見まもっている。

雪が激しくなってきた。

周蔵は合羽《かっぱ》を着込み、饅頭笠《まんじゅうがさ》を手に取り、闇の中に近づいてくる岸辺のあたりに視線をとどめたまま立ちつくしている。

一

その翌日、すなわち、一月二十四日の午後。例の目黒不動・門前の料理屋〔山の井〕の奥座敷に、波川周蔵と萱野《かやの》の亀右衛門《かめえもん》の姿を見ることができる。

昨夜の雪は、朝までに熄《や》んでしまっていた。

周蔵と亀右衛門は、運ばれて来た酒肴《しゅこう》の膳《ぜん》に向い、酒を酌《く》みかわしている。

奥座敷には二人きりであった。

「それにしても、恐れ入りましたよ、先生……」

深いためいきを吐くように、萱野の亀右衛門がいった。

山の井の豆腐は自家製で、目黒不動へ参詣《さんけい》に来る人びとの間では〔名物〕になっている。

波川周蔵は、薄味に煮た豆腐を、ゆっくりと口に運んでいる。

「何のことなのだ？」

「今朝方、民五郎《たみごろう》から、つぶさに聞きました。まったくもって、おどろきました」

民五郎は亀右衛門の手の者で、昨夜の屋根舟の船頭になりすましていた男だ。

「あの手強《てごわ》いやつを、たった一突きで仕留めなすったそうで……」

「元締の手引きに、遺漏がなかったからだ」

「それにしても……これは、やはり、波川先生でなくてはできぬ仕事でございました
なあ」

いいながら、亀右衛門がふところから金包みを出し、そっと周蔵の膝元《ひざもと》へ置き、

「どうか一つ、こころもちよく受けて下さいまし」

「これは要らぬ」

「私が持っていても、仕方がない金《もの》でございますよ」

「いや、困る」

「私も困ります」

「金をもらうかわりに、元締へ、ぜひとも、たのみたいことがあると申したはずだ」

「はい、はい。それは承知しておりますよ。それとこれとは別のことで……」

「いや、それならば、この殺しを引き受けてはおらぬ」

「ふうむ」

低く唸《うな》った亀右衛門は、あぐねきったように周蔵を見つめていたが、ややあって、

「では、まあ、ともかくも、これは私が……」

金包みを引きもどし、自分のふところへ仕舞い込んだ。

「元締……」

と、箸《はし》を置いた波川周蔵が、

「先日、元締にたのんだ私の妻子のことだが……」

「はい」

「隠れ家《が》を、見つけてくれたろうか？」

すると、即座に亀右衛門がうなずいて、

「見つけてございますよ」

「さようか……」

「お急ぎでございますかえ？」

「いま少し先になってとおもっていたが、急に、一日も早く他所《よそ》へ移さねばならぬことになった」

「ほう……」

去る一月十八日に、伊達《だて》家・下《しも》屋敷(別邸)から出て来た波川周蔵を見かけた秋山小兵衛《こへえ》が、すぐさま、四谷《よつや》の弥七《やしち》に後を尾《つ》けさせたことは、すでに、のべておいた。

そして弥七は、ついに周蔵の隠れ家を突きとめたのである。

あのとき、周蔵が辻駕籠《つじかご》へ乗らなかったら、弥七の尾行もむずかしかったろう。

周蔵は、碑文谷《ひもんや》の法華寺《ほっけじ》・門前で辻駕籠を降り、そこから、隠れ家にしている亀右衛門の別宅へ徒歩で帰った。

法華寺から隠れ家までの短い間を尾行するのにも、四谷の弥七は、ずいぶんと骨が折れたらしい。

いったんは、見失ってしまったほど、周蔵に油断はなかった。ゆえに、どうしても遠くはなれての尾行にならざるを得ない。

「波川の姿を見失って、こいつは困ったと、あの辺りをうろうろしておりますと、竹《たけ》藪《やぶ》の向うの百姓家の前で、四つか五つの可愛《かわい》らしい女の了が、ひとりで遊んでおりましてね。そこへ、あの波川周蔵があらわれたものですから、びっくりして身を伏せていますと、波川は女の子を連れて、その百姓家の中へ入って行きました」

と、四谷の弥七は、その日、秋山小兵衛に報告をしている。

このときは、波川周蔵も弥七の尾行に気づいていなかった。

ところが、それから秋山小兵衛も周蔵の隠れ家を目に入れておきたいといい、一度、単身で様子を見に出向いているし、四谷の弥七と傘《かさ》屋の徳次郎は、合わせて三度ほど、出かけている。

常時の見張りは、人通りもないところだけに、むりなことであった。

こうした小兵衛たちの姿を、波川周蔵が見かけたわけではない。

ないが、しかし、すぐれた剣客としての周蔵の五官は、

(どうも、妙な気配がする……)

ことを、感じはじめたのである。

「それで、先生は？」

萱野の亀右衛門が尋ねると、波川周蔵は、

「私は当分、うごかぬ」

「なるほど」

亀右衛門は、その上のことを問おうとしなかった。

「では明日か明後日のうちに、おふたりを、お移しいたしましょう」

「そうして下さるか、たのむ」

「だれの目にも、ふれぬようにいたさぬと……」

「そのことなのだ」

「大丈夫。この亀右衛門がすることでございます。ぬかりはございませんよ」

「かたじけない」

波川周蔵は、両手をきっちりと膝の上へ置き、律義《りちぎ》に、頭を深く下げた。

二

その翌々日になると、萱野《かやの》の亀右衛門《かめえもん》の別宅から、波川周蔵の妻と子の姿が消えてしまっている。

何処《どこ》へ身を移したものか、それは周蔵にもわからぬ。

周蔵は亀右衛門に、

「しばらくの間、私も妻子の居所《いどころ》を知らぬほうがよい」

と、いったからである。

「何も、それほどまでになさらなくとも……」

「いや、そのほうがよいのだ」

あまりにも不可解な、波川周蔵の言葉だけに、さすがの亀右衛門も不審を押えきれなくなり、

「先生。まさかに、御新造《ごしんぞ》さまと、お子さんを離別なさるおつもりではありますまい

ね？」

問いかけずにはいられなかった。

「元締。そのように見えるか？」

「……………」

亀右衛門は、つぎの言葉が出なかった。

周蔵の両眼《りょうめ》は強い光りを帯びてい、これ以上、何も尋ねてくれるなと、亀右衛門を制していたからだ。

また、尋ねてもむだなことは、亀右衛門もわきまえている。

亀右衛門の別宅には、波川周蔵と留守番の老爺《ろうや》・為吉《ためきち》のみが残った。

三度の食事は、為吉がする。

周蔵は、まったく外出《そとで》をしなくなった。

一方……。

秋山小兵衛は、じりじりしながら息《そく》・大治郎《だいじろう》と共に暮していた。

傘屋の徳次郎が、それを見かねて、一月二十八日に、

「ちょっと、波川の隠れ家と、谷中《やなか》の瑞雲寺《ずいうんじ》の様子を見てまいりましょう」

〔不二楼《ふじろう》〕へ顔を見せた小兵衛に申し出るや、

「いや……もう、よしたがよい」

「ですが、大先生《おお》……」

「迂闊《うかつ》なまねをして、気づかれてはならぬ」

「なに、大丈夫でございますよ」

徳次郎も、焦《あせ》ってきている。

例の小田切平七郎も、二人の浪人も不二楼にあらわれぬし、手がかりのつかみようがない。

秋山大治郎のみは落ちついていて、田沼屋敷の稽古日《けいこび》をやすむことなく、自分の道場での稽古も熱心につづけている。

小兵衛は不安にたまりかね、大治郎が神田橋《かんだばし》御門内の田沼屋敷へおもむくとき、何度か、密《ひそ》かに後を尾《つ》けた。

蔭《かげ》ながら、息子の身を警護するつもりなのであろう。

笠《かさ》や頭巾《ずきん》に顔を隠し、大治郎の後について行きながら、

（さすがに、隙《すき》はないわえ）

小兵衛は、そうおもった。

自分が刺客《しかく》になったつもりで、堂々たる息子の後姿を見まもり、たとえば、何処で襲いかかったらよいかを考えてみるとき、息子には隙がないのだ。

道を歩む大治郎の姿は、何気ないようでいて、油断がない。

（なれど、遠くから鉄砲なり、弓矢なりで襲われたならどうか……？）

そのようなことまで、小兵衛は考えている。

（ああ……むかしは、わしも、こんなではなかった。齢《とし》をとると、これほどまでに、万事に気が弱くなるものなのか……）

苦笑と共に、ためいきが出る。

おはるは、三日に一度ほど出て来て、小兵衛と大治郎の食事や洗いものの世話などをしているが、その告げるところによると、三冬《みふゆ》も小太郎《こたろう》も落ちついて、おはるの実家で暮しているそうな。

小兵衛の隠宅には、永井源太郎《げんたろう》が泊り込んでいるが、このほうも全く異状がなかった。

それでも、律義《りちぎ》な永井源太郎は、かつて薬種問屋の〔啓養堂《けいようどう》〕の用心棒をしていたときと同様に、夜になると半弓を手許《てもと》に置き、戸締りを厳重にして、いささかも油断をせぬ。

こうして、月が変った二月三日の昼近くになると、秋山小兵衛は、ついにたまりかねたかして、道場で稽古をしている大治郎へ、

「日暮れまでには、もどる」

いい残して不二楼へおもむき、傘屋の徳次郎へ、

「毎日、御苦労じゃな」

「いえ、とんでもないことでございます」

「これから、ちょっと、仙台屋敷《せんだい》まで行って来る」

「それなら、私が、お供を……」

「いや、いつなんどき、あの小田切とか申すやつが此処《ここ》へあらわれるやも知れぬ」

「まさか大先生。また、あいつらの隠れ家を探りにおいでになるおつもりじゃあござ

いませんね？」

「いうまでもない。稲垣忠兵衛《いながきちゅうべえ》を見舞いに行くのじゃ」

「さようで……」

「では、たのむぞ」

「はい」

小兵衛が去って後、しばらくしてから四谷《よつや》の弥七《やしち》が不二楼へ姿を見せたので、傘徳

は、このことを告げ、

「親分。大先生は、どうも、波川の隠れ家へ行ったような気がいたしますぜ」

「ふうむ……」

弥七も、このところ、縄張《なわば》り内に二つも三つも事件が起り、

「躰《からだ》が二つあっても足りねえ」

ほどなのだ。

「相すみません。親分をひとりにしちまって……」

「ばかをいってはいけねえ。お前が此処に詰めていなくてどうする」

「へえ。そりゃまあ、そのとおりなんでござんすが……」

いいさした徳次郎が、きまりわるそうに、

「ねえ、親分……」

「なんだ?」

「うちの嬶《かかあ》は、あの、どうしてます?」

弥七が、ぷっと吹き出した。

「親分。笑っちゃあいけねえ」

「お前の、そんな台詞《せりふ》を聞くのは、はじめてだよ」

「からかっちゃあいけません。嬶は、あの……」

「きまっているじゃねえか」

「どう、きまっているのでござんす?」

「お前がいねえから、のうのうとして、好きな煎餅《せんべい》を齧《かじ》りながら、傘を売っているよ」

三

傘屋の徳次郎は、秋山小兵衛が波川周蔵の隠れ家の様子を見に出かけた……ような予感をおぼえたが、そうではなかった。

まさに、麻布《あざぶ》・仙台坂の伊達《だて》屋敷内に病臥《びょうが》中の老剣客・稲垣忠兵衛《ちゅうべえ》を見舞うつもりでいたのである。

もっとも、見舞うばかりではなく、

(あの後、波川周蔵は稲垣忠兵衛を訪れたであろうか?)

訪れたならば、波川は、どのような様子であったか……。

もしやすると、何か新たなことを、

(耳にすることができるやも知れぬ)

むしろ、こちらのほうが、小兵衛にとっては重要な目的だったといえよう。

例によって、小兵衛は山之宿《やまのしゅく》の〔駕籠《かご》駒《こま》〕の駕籠に乗り、仙台坂へ向った。

この日は曇っていて、風が身を切るように冷たかった。

頭巾《ずきん》の中へ顔を埋め込むようにして、小兵衛は駕籠に揺られつつ、

(人というものは、わしのような老人になってまで、苦労が絶えぬものか……もしも

大治郎が女の子であったなら、いまごろはしかるべきところへ嫁いでいようし、わしも、このように気を揉《も》むこともないだろうに……）

剣客というものの業《ごう》は深い、と、つくづくおもう。

しかも、強ければ強いほどに、業は深くなって行くのだ。

（それにしても、何者が、せがれへ怨《うら》みをかけているのか……？）

大治郎自身が、小田切平七郎などという男に心当りがないのだから、小兵衛にわかろうはずもない。

いずれにせよ、波川周蔵は、小田切や怪しげな頭巾の侍にたのまれ、大治郎を討ち取ろうとしているのではあるまいか。

さて……。

秋山小兵衛が伊達家・下《しも》屋敷へ向いつつあるとき、浅草・橋場《はしば》の不二楼《ふじろう》へ、ほかならぬ小田切平七郎が姿をあらわした。

この日の小田切は舟ではなく、町駕籠に乗って来た。あの浪人たちと一緒ではなく、一人で来て、

「腹ごしらえをしたい。うまいものを食べさせてくれ」

座敷女中の頭《かしら》をしているお沢《さわ》に、こういったそうな。

お沢は心得て、すぐさま、蘭《らん》の間《ま》へ小田切を入れた。

不二楼のあるじ・与兵衛《よへえ》が、弥七《やしち》と徳次郎がいる離れへやって来て、このことを告げ、

「大先生とは、一足ちがいでございました」

残念そうにいった。

「その小田切とやらいうやつの顔をおれが、この目でたしかめておこう」

四谷《よつや》の弥七は、こういって傘徳と共に、蘭の間の隠し部屋へ潜んだ。

だが、この日は小田切一人である。

語る相手がいないのだから、密談の仕様がない。

そのかわりに、小田切の後を尾《つ》けることができるというものだ。

お沢の給仕で酒をのみ、腹ごしらえをする小田切平七郎は、隠し部屋の覗《のぞ》き穴へ背を向けているが、何かの拍子に横顔を見せる。

小田切は、乗って来た町駕籠を返してしまったが、女中のお沢へ、

「帰るときには、駕籠をたのむ」

と、命じた。

不二楼では山谷《さんや》の駕籠屋〔駕籠由《よし》〕へ、いつもたのむ。

間もなく、隠し部屋から出て来た弥七と傘徳は、小田切尾行の打ち合わせにかかった。

「親分も一緒に？」

「そのつもりだ」

「心強うござんす。でも、今日は、うまいぐあいになりそうですぜ。小田切め、駕籠で帰るというのですからね」

駕籠由の駕籠が不二楼へあらわれるのと入れちがいに、先《ま》ず傘屋の徳次郎が裏手から出て行った。

しばらくしてから、酒飯をすませた小田切平七郎が蘭の間から出て来て、あるじの与兵衛に、

「今日は急ぐので、近いうちに、ゆるりとまいる」

「毎度のおはこびで、ありがとう存じます」

「うまかった。近くまで来たので寄ってみたが、その甲斐《かい》があったというものだ」

「おそれ入りますでございます」

小田切は、なかなか料理にうるさいらしい。

与兵衛は、今日も板場へ「腕に縒《より》をかけて、気のきいた料理《もの》を出すように」と、念を入れておいた。

何となれば、不二楼の料理にひかれて小田切が、近いうちにあらわれることを願っているからであった。

塗笠《ぬりがさ》を手にした小田切平七郎が駕籠へ乗った。

乗るときに、駕籠舁《か》きが行先を尋《き》いたとき、小田切は何かいったが、低い声だったので、だれにも聞きとれなかった。

四谷の弥七は尻《しり》を端折《はしょ》り、与兵衛にたのんで仕度をしてもらった荷物を背に、笠をかぶって裏手から外へ出た。

小田切を乗せた駕籠は、大川《おおかわ》沿いの道を浅草寺《せんそうじ》の方へ向っている。

傘屋の徳次郎も、どこかで、これを見ているはずだ。

四谷の弥七は、駕籠の後方を七、八間《けん》の距離をへだてて尾行を開始した。

曇り空の寒い日だが、まだ日中のことで、人通りは少なくない。

尾行には、絶好の条件がそろっていた。

それとも知らずに秋山小兵衛は、麻布・材木町の蕎麦屋《そばや》〔明月庵《めいげつあん》〕へ入り、好物の柚子切《ゆずきり》の蒸《む》し蕎麦で、駕籠舁きと共に腹ごしらえをすませ、この店で売っている〔蕎麦落雁《らくがん》〕を稲垣忠兵衛へのみやげに包んでもらい、伊達《だて》屋敷へ向った。

四

稲垣忠兵衛《ちゅうべえ》は、いよいよ回復し、昨日から床をはらっていた。

秋山小兵衛が忠兵衛を見舞うのは、年が明けてから、これで三度目ということになる。

師とものたのむ老体の小兵衛の、たびたびの見舞いに、稲垣忠兵衛は恐縮しきっている。

この前に小兵衛が見舞いに来て、その折、波川周蔵を善福寺で見かけ、これを四谷《よつや》の弥七《やしち》に尾行させたのは一月十八日であった。

今日は二月三日だから、およそ半月ほど経過しているが、この間、波川周蔵は、

「姿を見せませぬ」

と、稲垣忠兵衛はいった。

波川周蔵について語る忠兵衛の言葉は、前のときと同じようなもので、周蔵の新しいうごきをつたえるものではなかった。

「いや、このように元気を取りもどしたのは何よりじゃ。いまだから申すが、わしも一時は、くびを傾《かし》げたこともあった」

小兵衛がいうと、忠兵衛は何度もうなずき、

「それは秋山先生。私も同様でありました。今度は、もう、いけないと覚悟をいたしまして……」

「いや、よかった。よかった」

名利に関心を抱かず、ひたすら剣一筋に生きて来た、この素朴《そぼく》な老剣客が重患を脱した姿を見ると、いまの小兵衛は何やら勇気がわいてくるおもいがした。

半刻《はんとき》（一時間）ほど、稲垣忠兵衛と語り合ってから、秋山小兵衛は、伊達《だて》屋敷を出た。

今日は、駕籠《かご》を仙台坂の下へ待たせてある。

そこで小兵衛は、伊達屋敷の通用門を出ると、仙台坂を下りはじめた。

曇天の寒い日でもあり、坂を行き交う人びとの姿が、いつもよりは少なかった。

息・大治郎が新しく手づくりにしてくれた太目の竹杖《たけづえ》を小脇《こわき》に抱え、ふところから頭巾《ずきん》を出してかぶりかけた小兵衛が、何気なく彼方《かなた》を見やって、

「あ……」

おもわず、声を発した。

小兵衛の顔色が、わずかに変り、両眼《りょうめ》が活と見ひらかれた。

仙台坂を、こちらへ上って来る波川周蔵を見たのである。

「むう……」

小兵衛が低く唸《うな》ったとき、波川周蔵もこちらを見て、足を停《と》めた。

その瞬間に、秋山小兵衛の両眼は針のように細められ、するどい光りは消えた。

両者は、約七間の距離をへだてて立ち停まったわけだが、たがいに見つめ合った時

間は、さして長いものではなかったろう。

頭巾を手にしたまま、歩み出したのは、小兵衛からであった。

それにつれて、周蔵も坂をのぼりはじめる。

仙台坂は、伊達家の下屋敷と善福寺にはさまれた幅の広い坂だが、小兵衛と周蔵は坂の南側、すなわち伊達屋敷の長い塀《へい》にそって下り、上りつつある。

二人とも、相手を避けようとはせぬ。

小兵衛も周蔵も、去年は二度も浅草で行き合い、目礼を交しているのだ。

そのときは、たがいに、幼児をつれた父親と祖父という親近感から微笑を交したにすぎないが、いまはちがう。

少なくとも、秋山小兵衛にとっては息・大治郎を討つためにえらばれた波川周蔵になってしまった。

では、周蔵のほうはどうか……。

不二楼《ふじろう》・蘭《らん》の間《ま》で、頭巾の侍の口から「……秋山大治郎が……」の声が洩《も》れたのを、あるじの与兵衛《よへえ》が隠し部屋で盗み聞いたのは去年の暮のことだ。

その前に、小田切平七郎と二人の浪人の間で、波川周蔵が何者かを討つための刺客《しかく》にえらばれようとしているらしいことを、秋山小兵衛が耳にしている。

いま、波川周蔵は刺客の役目を引き受けたのであろうか……。

ゆったりとした歩調をくずさず、小兵衛と周蔵は間隔をせばめて行く。

双方とも、躰《からだ》にも顔にも殺気があらわれていない。

これは、接近しつつ、双方がどちらからともなくみとめ合ったことだといってよい。

間隔が二間にちぢまったとき、二人は同時に足を停めた。

丁重に頭を下げた波川周蔵が、

「秋山先生でございますな」

先《ま》ず、口を切ったものである。

「はい。そこもとは波川周蔵殿。稲垣忠兵衛より御名前をうけたまわりました」

「おそれ入ります。そのせつは……」

「可愛《かわい》い女のお子に、お変りはないか?」

「おかげさまにて。先生の……」

「孫でござる」

「さようでございましたか」

「これより、忠兵衛を見舞って下さる……?」

「はい」

「たびたびのお運びで、かたじけのうござる。さいわい、忠兵衛は昨日、床ばらいをいたしましてな」

「おお……」

周蔵が、よろこびの声を発した。

それは、まことに純真そのものの声であった。

「口につくせぬ御世話をかけたそうで、まことにありがたく……」

と、小兵衛が頭を下げるのへ、

「そのように、おっしゃられては、困惑いたします。秋山先生については、稲垣殿より、いろいろとうけたまわっておりました」

「さようか。せがれの大治郎にも、会《お》うてやって下され」

そういって、秋山小兵衛は意識的に、波川周蔵の眼の色をのぞき込むような眼《まな》ざしとなった。

周蔵は黙って、凝《じっ》と小兵衛を見返してから、

「御子息にも、お目にかかりたく存じます」

しずかに、こたえ、

「では、これにて」

深く、頭を垂れた。

「ごめん下され」

小兵衛も礼を返し、周蔵と擦れちがって坂を下る。

十歩ほど下って振り向くと、まだ立ち停まって小兵衛を見送っていた波川周蔵が、また頭を下げた。

小兵衛も礼を返し、坂を下る。

(わしは、もしやして、勘ちがいをしているのではあるまいか?)

仙台坂《せんだいざか》を下り切って、また振り向いて見たが、波川周蔵の姿は見えなかった。

五

そもそも秋山小兵衛は、波川周蔵が息・大治郎暗殺を引き受けたと、はっきり自分の耳に聞いたわけではない。

去年の師走《しわす》のはじめに、高田《たかた》の七面堂《しちめんどう》の近くで平山・松崎の両浪人を追い散らした周蔵を見て以来、不二楼《ふじろう》の隠し部屋で耳にしたことを合わせ、前後の情況から、

(まさに、大治郎がねらわれている)

推測を下したわけだ。

これまでの、いくつかの例をみても、

(間ちがいはない)

小兵衛は、おもいきわめていたのである。

しかし、いま、仙台坂で出合った波川周蔵の、一点の曇りもない眼の色はどうだ。

(あれが、わしのせがれと知っての上で、闇討《やみう》ちにしようとしている男の眼か……いや、ちがう)

それとも、胸の内を眼の色にあらわさぬほどに、

(強《したた》かな男なのか……いや、そうなのかも知れぬ)

秋山小兵衛は帰途についた町駕籠《まちかご》の中で揺られつつ、迷いに迷う。
三、四年前に、路傍で持病の発作を起した稲垣忠兵衛《ちゅうべえ》を介抱し、それより忠兵衛と親しくなり、たびたび、病床の忠兵衛を見舞っている波川周蔵の人柄《ひとがら》は、
[奇怪《きっかい》な暗殺者]

とは、別のものといってよい。

けれども、人格は一つと決まったわけではない。

二色《ふたいろ》も三色も、ときには四つ、五つの人格をもっているのが人間のふしぎさなのだ。

そのことを小兵衛は、これまでに何度も体験をしている。

なればこそ、いささかの油断もゆるされない。

ここで、はっきりのべておきたい。

波川周蔵は、九品仏《くほんぶつ》(浄真寺)に近い別宅ふうの屋敷へ、二度目に出向いて、小田切平七郎と密談をした折に、かの頭巾《ずきん》の侍から直接にたのまれた、秋山大治郎殺害の

件を、

「引き受け申した」

と、こたえているのだ。

むろんのことに、秋山小兵衛はそれを知らぬ。

(わしの勘ちがいか……)

と、おもうそばから、

(いや、仙台坂で、わしの姿を見かけ、ぴたりと足を停め、わしに見入ったときの波川周蔵の様子は、やはり不常であった)

また、不安が萌《きざ》しはじめる。

あのときは、かなりの距離をへだてていたので、波川周蔵の眼の色まではわからなかった。相手にしても、同じことであったろう。

この間に、眼の中の強い光りを消してしまうことは容易であった。

何となれば、あのときの小兵衛もそうだったからである。

小兵衛は別れたばかりの波川周蔵の面影《おもかげ》を、くり返し、くり返し脳裡《のうり》に浮かべて見る。

(波川の身のこなしには、一分《いちぶ》の隙《すき》もなかった……)

正面から斬《き》り合って、いまの小兵衛の老体は、波川周蔵の堂々たる体軀《たいく》の前に、結局は屈してしまうにちがいなかった。

瑞雲寺《ずいうんじ》で、竹杖《たけづえ》一つの小兵衛が平山・松崎の二浪人をあしらったようには、とてもまいらぬ。

(波川は、なごやかな眼色《がんしょく》をわしに見せながら、尚《なお》も身構えをゆるめなかった……)

このことは、何を意味するのであろうか……。

秋山父子《おやこ》と稲垣忠兵衛とが親密の間柄だと知ってのことのみで、あのような身構えをするものであろうか……。

「ああ……」

おもわず、小兵衛は嘆息を洩《も》らした。

それが耳へ入ったとみえて、駕籠舁《か》きの先肩《さきかた》が、

「大《おお》先生。どうかなせえましたか?」

声をかけてよこした。

小兵衛は赤面し、

「う……いや、何でもない」

「御気分でも悪いのじゃあございませんか?」

たしかに、気分はよくない。

「すまぬが、駒形《こまかた》の元長《もとちょう》へつけておくれ」

「へい」

浅草の駒形堂裏の小体《こてい》な料理屋〔元長〕は、小兵衛となじみの深い夫婦がやっている店だ。

そこへ立ち寄り、酒でものまぬことにはおさまらぬほど、小兵衛の胸は重かった。

元長へ着いたときには、あたりに夕闇がただよっていた。

元長で半刻《はんとき》ほどをすごしてから、秋山小兵衛はとぼとぼと歩み、不二楼へ立ち寄ると、あるじの与兵衛《よへえ》が待ちかまえていたように飛び出して来て、庭づたいの奥の離れへいざないながら、

「いったい、何処《どこ》へ行っておいでになりました」

「何処へといって、それは……」

離れ屋では、四谷《よつや》の弥七《やしち》と傘《かさ》屋の徳次郎が待っていて、

「大先生と入れちがいに、小田切が此処《ここ》へあらわれました」

「行先を、親分と一緒に突きとめましてございます」

交々《こもごも》に告げた。

「ほんとうか……」

小兵衛の老顔へ、たちまちに血がのぼった。

与兵衛は母屋《おもや》へ行き、小兵衛のために酒肴《しゅこう》の仕度をしようとしている女中へ、

「後にしなさい。私が声をかけてからでいいよ」

と、念を入れた。

六

小田切平七郎は、深川の洲崎弁天《すさきべんてん》・門前で、駕籠《かご》を返した。

駕籠由《よし》の駕籠が、堀川《ほりかわ》沿いの道を西へ遠ざかって行くのを見すましてから、小田切は門前から橋をわたって木場《きば》へ出た。

木場は、当時、江戸の材木商があつまっていて、縦横にめぐる堀川の中に、見わたすかぎりの材木置場と材木商の家が建ちならんでいた。

小田切平七郎は、その木場を左に見て、堀川沿いの道を北へ向う。

右側は、大名の抱《かかえ》屋敷などがあって、まことにさびしいところだ。

このあたりは、平井《ひらい》新田《しんでん》とよばれている。

すなわち現代の江東区・東陽《とうよう》の内で、コンクリートと車輛《しゃりょう》に埋まった景観からは、到底、江戸のころのおもかげを偲《しの》ぶことはできぬ。

小田切は、堀川沿いの一本道を、どこまでも行く。

「まったくもって、後を尾《つ》けにくうございました」

と、四谷《よつや》の弥七《やしち》がいった。

弥七は堀川をへだてた木場の通路から小田切を見張りつつ先行し、傘徳は、かなりの距離を置いて尾行した。

しばらく行くと、別の堀川が横たわってい、小さな橋が架けられた向うに、敷地が六万坪といわれる細川越中守《えっちゅうのかみ》・下《しも》屋敷の木立が見える。

この下屋敷は、ほとんど使用されていないし、建物も名ばかりのものだ。

小田切平七郎は、橋をわたることなく、川沿いの道を右へ折れた。

(あっ……いけねえ)

あわてて、傘徳は後を追い、道を曲がって見ると、小田切の姿が消えてしまっているではないか。

(し、しまった……)

いつになく動転した徳次郎が、きょろきょろと、あたりを見まわすと、木場の材木置場の通路に親分の弥七が立っていて、手招きをしている。

小田切に先行して、歩んでいた弥七は、道を曲がった小田切を目にとめていたのである。

これだから、尾行は二人にかぎるのだ。

徳次郎が、三つほど橋をわたって傍《そば》へ来るまで、四谷の弥七は材木の蔭《かげ》に待っていた。

「親分。面目《めんぼく》ねえ」

「いや、おれが見とどけた」

「よ、よかった。助かりました」

「あれへ入って行ったよ」

弥七が指し示したのは、何と曲り角にある屋敷であった。

屋敷といっても、六万坪もある細川屋敷とはくらべものにならぬ小さなもので、ただ、忍び返しのついた塀《へい》が異常に高い。

川に沿って道を曲がると、すぐに屋根門があり、その向うに細い掘割が邸内へ引き込まれている。

おそらく、そこから小舟が出るようになっているのではあるまいか。

「親分。何となく、妙な屋敷でござんすねえ」

「うむ……」

腕組みをした弥七は、しばらく考えていたが、

「今日のところは、これまでだ。大先生に早くお知らせ申さなくては……徳。八幡《はちまん》さまのあたりで駕籠を二挺《ちょう》、拾って来い」

「いえ、あっしは……」

「こんなときに、遠慮をしてもはじまらねえ」

ほんらいならば、すぐにも聞き込みをはじめるところだったが、四谷の弥七は、あくまでも慎重であった。

迂闊《うかつ》に立ちまわるよりも、

（先《ま》ず大先生の、お指図を受けなくてはならねえ）

このことであった。

不二楼《ふじろう》の離れで、弥七は小兵衛の前へ紙をひろげ、深川・木場のあたりを図面に描き、

「小田切が入って行った屋敷は、ここのところにございます。大先生に、こころあたりがございますか？」

「さて、なあ……」

洲崎弁天へは何度も足を運んでいる秋山小兵衛だが、件《くだん》の屋敷については見当もつかぬ。

だが、木場のあたりで尋ねれば、その屋敷がだれのものなのか、わからぬはずはない。

弥七が、あえてそれをしなかったのは、こちらの秘密の行動が洩《も》れてはならぬと考えたのであろう。

しかし、小兵衛は、

「弥七。探ってくれ」

ためらうことなく、いい出た。

「かまいませんので？」

「ああ、かまわぬ。お前が、お上《かみ》の御用をつとめるときの要領でやっておくれ。たのむぞ」

「実は大先生。深川の入船町に、新蔵《しんぞう》という御用聞きがおります。懇意にしているというほどではございませんが、たがいに顔見知りの間柄なので、この人から聞き込んでみたいとおもいます。いかがなもので？」

「それでよい。なれど、いまのところ、くわしいことは打ちあけぬようにな」

「はい」

「その新蔵という人へのみやげものは、わしがととのえよう。それで、いつ行ってくれる？」

「そうときまったら、明日の朝、行ってまいります」

「よし。わしも深川まで行って、その怪しげな屋敷を、そっと見て来よう」

「私は今夜、こちらへ泊めていただきますが……」

いいさして弥七が、傘屋の徳次郎へ、こういった。

「徳。お前は四谷へ行って、今夜は帰れねえと女房に知らせてくれ。ついでに、お前は久しぶりで女房の顔を拝んで来るがいい。明日はそうだな……昼ごろまでに、此処《ここ》へもどって来ていてくれ」

墓参の日

「平山。これにて万端、手筈《てはず》はととのったな」

「さよう……」

「ま、盃《さかずき》をほすがよい」

「これは、どうも……」

「ただ一つ、気になることがある」

「どのような？」

「去年の、年の瀬も押しつまって、仙台坂《せんだいざか》の伊達《だて》屋敷へ波川周蔵があらわれ、おぬしの手の者が後を尾《つ》けたことがあったな」

「はじめのときでありますか？」

「さよう。尾行に失敗《しくじ》ったときだ」

「それが？」

「その折、波川を見失ってもどって来た手の者へ、妙な老人が声をかけたというではないか」

「あ……そのことでありましたか」

「おぬしの手の者の肩をたたき、その老人が、どうやらむだであったようだ、と申したそうな」

「はあ……」

「いまだに、その老人について、おもい当ることはないのか？」

「ありませぬ」

「その後、仙台坂のあたりへ見張りを出してあるのか？」

「時折は、見まわりに出してありますが、かの老人を見かけたことはないと申しております」

「ふうむ……」

「波川周蔵殿の居所《いどころ》を突きとめ、波川殿が、こたびの一件を引き受けられたとなれば、毎日の見張りを出すこともはばかられます。何と申しても目につきますので」

「それもそうだが……」

「小田切先生。あまり、気になさらずともよいのではありませぬか。先生の密計については、だれの耳へも入っているわけがありませぬ」

「おぬしの手の者については、大丈夫であろうな?」

「御念にはおよびませぬ。あの者たちは、私が、ずっと以前から、いろいろとたのみ事をしておりましてな。ただ、金をもらって、命じられた事のみをしてのける連中です。そこのところは、まことに行きとどいております」

「さようか……」

小田切平七郎は、まだ、妙な老人(秋山小兵衛《こへえ》)の言葉を忘れることができぬらしい。

「小田切先生……」

と、平山浪人が苦く笑って、

「われらとて、同じでござる」

小田切が、じろりと平山を見やり、

「不服か?」

「いや、不服ではありませぬ。われらも金ずくの仕事でござる」

「ならば……」

「いえ、われらも、このたびの一件については、深く知りませぬ。われらも知らぬ事を、かの老人が知るわけもないと存じます」

「では何故、おぬしの手の者が後を尾けたことを、老人は知っていたのじゃ」

「それは、わかりませぬ」

小田切は、冷えた酒をのんで、

「ま、よいだろう」

自分で自分を、なだめるようにつぶやいた。

「いざとなれば、何事も見とどけた上で、その日の、ほんのわずかな間に終ってしまうことだ。狂いを生じたときには中止すればよい」

「小田切先生としたことが、このたびは、妙に用心深くなられましたな」

「念には念を入れなくてはならぬ事ゆえ、な」

「なるほど」

「平山。波川周蔵をのぞいて、当日、あつまってくれる者は、おぬしと松崎をふくめて、たしか十名であったな？」

「さようです。いずれも手練《てだれ》者でござる」

「よし」

大きくうなずいた小田切平七郎が、

「機《とき》はせまった。そのつもりでいてくれ」

「心得ました」

「明後日、また、此処《ここ》へ来てくれ」

こういって、小田切は立ちあがり、暗い廊下へ出て行った。

いつも、二人が密談をかわしている部屋の中には、家具調度も見えぬ。

燭台《しょくだい》の蠟燭《ろうそく》の火だけが、ゆらめいている。

一

小田切平七郎が、深川の木場《きば》の外れの、

「妙な屋敷へ……」

入って行ったのを突きとめた四谷《よつや》の弥七《やしち》と傘《かさ》屋の徳次郎へ、秋山小兵衛は迷うことなく、

「探ってくれ」

と、いった。

そこで弥七は、浅草・橋場《はしば》の〔不二楼《ふじろう》〕へ泊った翌日に、深川へ出向いて行った。

弥七は先《ま》ず、深川の入船町に住む御用聞きの新蔵から、様子を聞いてみようとおもった。

小兵衛は、不二楼のあるじにたのみ、飛び切りの清酒を柄樽《えだる》につめさせ、新鮮な季節の魚介を籠《かご》へ入れ、弥七に持たせた。

弥七が入船町の新蔵宅を訪れると、ちょうど家にいた新蔵が、

「こりゃあ、めずらしい人が見えたものだ」

「手前の勝手なときだけ、こうしてあらわれます。ま、一つ、かんべんして下さい」

「なあに、そんなことよりも、先ず、おあがりなさい」

「では、ごめんを……」

新蔵は、お上《かみ》の御用を長くつとめていて、齢《とし》も六十に近い。長身の、がっしりとした躰《からだ》つきで、頭には白い蜻蛉《とんぼ》のような髷《まげ》が乗っている。

「こいつは、豪勢なみやげものだ」

と、弥七が差し出した酒と魚介をちらりと見た新蔵は、

「ま、二階へ、おいでなせえ」

一間《ひとま》きりの二階へ弥七を案内し、茶菓を運んで来た古女房へ、

「呼ぶまでは、だれも来ちゃあいけねえ」

念を入れた。

女房が降りて行ってから、

「弥七さん。なんだか、こみ入った事情《わけ》が、おあんなさるようだね？」

「ええ、まあ……」

「何でもいい、遠慮はいらねえ。いってみて下せえ」

そこで弥七は、昨日、自分が描いて秋山小兵衛に見せた簡単な絵図面を懐中から出し、新蔵の前へひろげて、

「この御屋敷ですが、御存知でしょうか？」

「ふむ……」

微《かす》かにうなずいた新蔵が、上眼《うわめ》づかいに弥七を見て、

「ああ、知っていますよ」

「どなたの御屋敷なので？」

「まあ、屋敷にはちがいないが……」

「と、いいますと？」

「くわしいことは、よく知らないが、何でもあの屋敷は、松平伊勢守《まつだいらいせのかみ》様という御旗本のものらしい。だがね、御本邸ではないよ。むかし、あの辺りは空地で葦《よし》が茂っていたものだが、いつの間にか、高い塀《へい》ができてね」

「さようで……」

ちょっと、沈黙があった。

御用聞きの新蔵は、煙草盆《たばこ》を引き寄せながら、

「弥七さん。どんな事かは知らねえが、こいつは、深入りをしねえほうがいいとおもうがね」

妙なことをいった。

「何か、いわくがあるので？」

「いや、わしは何も知らねえ。だがね、あの松平伊勢守様という御旗本は、三年ほど前まで、御公儀の御目付《おめつけ》をつとめていたそうだ」

「御目付を……」

これは、弥七にとっても、意外なことであった。

幕府の〔御目付〕という役目は、若年寄《わかどしより》の耳目となって、旗本以下の侍を監察する。

それればかりではなく、その御役目は、きわめて広範囲にわたる。

ときと場合によっては、老中《ろうじゅう》という幕府最高の権力者に意見を申し立てることもできるし、いざともなれば将軍にも直接、おのれの意見を上申できることになっている。

ゆえに、老中や他の閣僚も、御目付には、

「一目を置く」

と、いわれているそうな。

「御目付には、怖いのがいるからなあ」

いつだったか、八丁堀《はっちょうぼり》の同心のひとりが、弥七に洩《も》らしたことがあった。

「新蔵さん。よく、わかりましたよ」

四谷の弥七は、丁重に礼をのべた。

新蔵は、長年にわたって御用聞きをつとめているだけに、よけいなことを尋ねようともしないし、いおうともしなかった。

「弥七さん。こんなことでよかったかねえ？」

「ありがとう存じました。助かりましたよ」

「それなら、いいが……」

煙管《きせる》を、ぽんと灰吹きへ落した新蔵が、

「今日は、お前さんから、何も聞かなかったことにしておこう」

「私も、何もいいませんでした」

「だが、あんなにうめえものをいただいては、わるいねえ」

「なあに、お口汚しで……」

しばらく、世間ばなしをしてから、四谷の弥七は新蔵の家を出た。

それから、富岡八幡宮《とみおかはちまんぐう》の門前で客を待っていた辻駕籠《つじかご》を拾うと、弥七は不二楼へもどって来た。

待ちかねていた秋山小兵衛は、庭づたいに離れへあらわれた弥七を迎えて、

「御苦労だったのう」

「いえ、なに……」

傘屋の徳次郎は、すでにもどって来ている。

「大先生《おお》。あの御屋敷は……」

と、四谷の弥七が語るのを聞いた小兵衛は、

「ふうむ……」

低く唸《うな》り、腕を組んだまま、身じろぎもしなくなった。

小兵衛の両眼は細くなって、天井の一点を見入ったままだ。

弥七と徳次郎は、顔を見合わせ、どちらからともなく、そっとためいきを吐いた。

二

翌日、秋山小兵衛は、下谷《したや》の五条天神・門前にある書物問屋〔和泉屋吉右衛門《いずみやきちえもん》〕方へ出向いて行った。

和泉屋は、秋山大治郎《だいじろう》の妻・三冬《みふゆ》の実母おひろの実家にあたり、当主の吉右衛門は三冬の伯父ということになる。

おひろが、田沼意次《おきつぐ》の屋敷へ侍女奉公にあがり、意次の手がつき、三冬を産んだことはすでにのべた。

三冬は、むかしから自由に母の実家へ出入りをしていたし、いまも同様である。

したがって、三冬が大治郎の妻となってから、秋山小兵衛と和泉屋との交誼《こうぎ》が生じ

たことはいうまでもない。

小兵衛は、この日、何用あって和泉屋へおもむいたのか……。

それは、数年前にさかのぼって、武鑑をしらべることであった。

武鑑には、江戸時代の大名、旗本など武家の氏名・系譜・所領・紋所などを記載してあるばかりではなく、幕府の御役目についている者は、医師・絵師から茶坊主《ちゃぼうず》、能楽師、用達《ようたし》の楊枝《ようじ》屋から菓子屋の名までのっていて、毎年、これが決められた書店から発行される。現代の〔紳士録〕のようなものだ。

むろんのことに秋山小兵衛も近年の一、二巻は所持している。古いものは始末してしまった。

昨日、四谷《よつや》の弥七《やしち》から聞いた旗本・松平伊勢守《いせのかみ》の名を調べるため、鐘《かね》ケ淵《ふち》の隠宅へもどって、武鑑を見たが、伊勢守の名は御目付のところにのっていなかった。

小兵衛が所持している武鑑は小型のものだし、あまり、くわしいことは記載されていない。

そこで、隠宅の留守居をしている永井源太郎に、

「松平伊勢守という御目付のことを、耳にしたことはないか?」

尋ねてみた。

源太郎の亡父・永井十太夫《じゅうだゆう》も御目付衆の一人だったからである。

「さあ……」

源太郎は、くびをひねった。

むりもない。父の十太夫が切腹をしたとき、彼はまだ、少年であったのだから……。

和泉屋は書物問屋ゆえ、大小の武鑑を売っていることはいうまでもなく、さかのぼっての武鑑も所蔵してあるはずだ。

「これは秋山先生。さ、おあがり下さいまし」

小兵衛を迎えた和泉屋吉右衛門は、下へも置かぬようにもてなしてくれる。

わが妹が、いまを時めく老中・田沼主殿頭《とのものかみ》意次との間にもうけた娘・三冬は、女だてらに武芸を好み、

「男なぞ、眼中にない」

ありさまで、田沼意次の心痛の種となっていた。

実母は病死してしまっているだけに、和泉屋吉右衛門も、姪《めい》の女武道を持てあましていたところ、秋山大治郎の出現によって、三冬は一転、人妻となり、母となったのである。

その大治郎の父親なのだから、和泉屋が秋山小兵衛を大事におもうことは、一通りのものではなかった。

「いや、もう、おかまいなく。実は和泉屋さん。お願いがあってまいりました」

「何なりと、お申しつけ下さいまし」

「実は、な……」

小兵衛は来意を告げると、

「おやすいことでございます」

和泉屋吉右衛門は番頭にいいつけて、先《ま》ず、明和五年（一七六八年）からの武鑑を客間へ運ばせた。

「まだ、ございますが、とりあえず、これだけを……」

「かたじけない。では、見せていただきましょう」

すぐさま、小兵衛は調べはじめた。

松平伊勢守勝義《かつよし》について、およそのことがわかるのに、さして長い時間を要さなかった。

松平の姓をゆるされているからには、徳川譜代の家臣ということになる。

二千石の大身旗本で、屋敷は神田・駿河台《するがだい》となってい、深川の例の屋敷については記載がなかった。

武鑑によると、松平伊勢守が御目付に就任したのは、明和九年（一七七二年）のことであった。

そして、天明元年（一七八一年）の武鑑には、松平伊勢守の名は御目付の項から消えている。その前年の安永九年までは、御目付をつとめていたのだ。

「これで、どうやらわかりました。いそがしいのにむりをいってすまなかった」

秋山小兵衛は、和泉屋に礼をのべて、それからは茶菓のもてなしを受け、約半刻《はんとき》（一時間）ほどをすごしてから和泉屋を辞去した。

（これは、やはり、わしのおもいすごしであったやも知れぬ）

元御目付の松平伊勢守、その持ち物だという屋敷へ出入りをする小田切平七郎。

その小田切と関係のある浪人たち。

彼らが目をつけている波川周蔵。

こうした人びとが、何やら、

「怪しげな……」

事をたくらんでいることはたしかなのだが、どう考えてみても、

（彼らが、せがれの命をねらっているとは、おもえぬ）

このことであった。

不二楼《ふじろう》の主人・与兵衛《よへえ》が、隠し部屋で耳にはさんだのは、

「……秋山大治郎が……」

と、いった頭巾《ずきん》の侍の声と、小田切の「このあたりに……」とか「ま、それはさておき……」などという断片的なものにすぎない。

（その頭巾の侍は、松平伊勢守なのであろうか？）

どうも、わからぬ。

二千石の旗本が、小田切ひとりを供に浅草の外れの料理屋へあらわれるのは妙なことだが、ないわけではない。

微行ゆえに、頭巾をかぶっていたのであろうか。

もしも、頭巾の侍が松平伊勢守だとすると、伊勢守の口から、大治郎の名が出たことになる。

（わからぬ。どうも、わからぬ）

江戸の剣術界において、秋山大治郎の名は、かなり知られるようになってきていたし、小田切平七郎は、どうも剣客らしいから、大治郎のことが話題にのぼったのやも知れぬ。

そうなると、頭巾の侍も、それと知られた剣客であったのか……。

（もしやすると、わしが知っている人《じん》であったやも知れぬ）

小田切も怪しげな一面と、そうでない一面を合わせもっているのが当然であって、それが人間というものなのだ。

不二楼の与兵衛が盗み聞きをしたとき、蘭《らん》の間《ま》には小田切と頭巾の侍の二人きりで、それ以来、頭巾の侍は不二楼へあらわれていない。

頭巾の侍は、剣術のほうで小田切を知っているのやも知れぬ。

(いつの間にか、めっきりと、日が長くなったわえ)

夕暮れも間近の晴れた空に、鶴《つる》の群れが渡っている。

鶴は秋冬を日本ですごし、春になると北方へ帰って行く。

(それにしても、小田切や、あの浪人どもは何をたくらんでいるのであろう)

今日は、四谷の弥七は家へ帰ったが、傘《かさ》屋の徳次郎は依然として不二楼に詰めているはずだ。

(こうなれば、いっそ、谷中《やなか》の瑞雲寺《ずいうんじ》へ乗り込み、あの浪人どもを痛めつけ、泥《どろ》を吐かせてくれようか……)

齢《とし》をとった所為《せい》か、このごろの小兵衛は気が短くなっている。

しかし、いずれにせよ、元御目付の松平伊勢守という人物が浮かびあがってきたからには、いま少し、この人物を探ってみなくてはなるまい。

(どのように、手をつけて行ったらよいものか?)

歩みながら小兵衛は、旧門人の中から、四百俵の旗本・滝口彦右衛門《たきぐちひこえもん》の顔を思い出した。

三

滝口彦右衛門《ひこえもん》は、当年五十六歳になる。いまは家督を息子にゆずり、隠居の身だが、数年前までは、幕府の〔奥御祐筆《おくごゆうひつ》〕をつとめていた。

この御役目は、江戸城中の御用部屋へ詰めていて、機密文書を取り扱う。

先《ま》ず老中の秘書官ともいうべき重要な役目だけに、諸大名や大身旗本との密《ひそ》かな交際も多く、たとえば、土木や営繕の課役《かえき》ひとつにしても、奥御祐筆の、

「匙《さじ》かげん一つで、どうにでもなる」

などと、いわれているほどだ。

ゆえに、収賄《しゅうわい》に溺《おぼ》れて堕落する者も少なくなかった。

では、滝口彦右衛門はどうであったかというと、そこは適当にやってきて、無事に引退したわけだが、まったく賄賂《わいろ》と無関係だったわけではあるまい。

「いや、もう、この御役目は、剣術の稽古《けいこ》をするよりも骨が折れます」

隠居する前年に、小兵衛の隠宅を訪ねて来て、滝口がつくづくといったことがある。

滝口は、小兵衛が四谷《よつや》へ道場を構えていたころの門人だから、奥御祐筆になったのは、ずっと後年になってからで、剣道の筋はどうであったかというと、

「これはもう、世辞にもよいとはいえぬ」

ものだったそうな。

ときには稽古に来て稽古をせず、日暮れてから小兵衛の酒の相手をしながら、世間ばなしに興じるのが、

「何よりのたのしみでございましてな。これは先生。剣術の稽古と同じでございます。先生のおはなしをうかがっておりますと、いちいち腑《ふ》に落ちることばかりで……」

滝口彦右衛門は、そういっていた。

秋山小兵衛も、こうした門人には、それなりの対応をする。

滝口の語る言葉の端々から、江戸城中の様子がわかる。

小兵衛の知らぬ世界をつたえてくれる滝口のような門人は、

(わしにとっても、有益なのだ)

と、小兵衛はおもっていたのである。

翌二月六日の昼すぎに、秋山小兵衛は、湯島天神下の滝口屋敷を訪れた。

「これは秋山先生。御用なれば、こちらから出向きましたものを……」

「いや、近くまで来たので、久しぶりに彦右衛門殿の顔を見たくなってのう」

「これは恐れ入りました」

旧師の突然の来訪に、滝口彦右衛門はおどろきもし、よろこびもした。

隠居の身になったが、滝口は髪も黒々としており、血色もあざやかだ。細くて小柄《こがら》な躰《からだ》は、師の小兵衛そのものといってよい。

「隠居には、まだ早かったのではないか？」

「いや先生。あの御役目は、長くいたすものではございませぬ」

「さようか……」

「はい。なればこそ、身を引く機会をねらっておりました。それがしも人の子でございますから、いつ何どき、この身をあやまるか知れたものではありませぬ」

「なるほど」

「身を引こうと考えてから、三年もかかりました」

邸内の奥庭にのぞむ居室で、滝口は小兵衛に酒をすすめた。むかしからそうだが、滝口彦右衛門は実に気さくな男で、これが、諸事面倒な江戸城中で裃《かみしも》をつけ、幕府の高官を相手に事をはかっていたとは到底おもえぬ。

妻はすでに病歿《びょうぼつ》しており、息子夫妻と二人の孫がいる滝口彦右衛門は、

「いや、御役目についていた折のことを思えば、隠居の身は極楽と申せましょう」

と、いう。

「ときに、彦右衛門殿」

「はい」

「そこもとは、以前、御目付衆をつとめておられた松平伊勢守《いせのかみ》という人《じん》のことを知っておられような?」

「………」

滝口が妙な顔になり、小兵衛の眼《め》の中をのぞき込むようにした。

「どうじゃな?」

「先生。何をもって、そのようなことを、お尋ねでございますか?」

「ちと、わけがあってのことじゃ」

「ははあ……」

口もとは笑っているが、このときの滝口彦右衛門の、冷たい眼の光りは、かって小兵衛が見たことのないものであった。

(この男が、このような眼つきをするものか……なるほど、これが奥祐筆の眼の色というものやも知れぬ)

滝口が、小兵衛の盃《さかずき》へ酌《しゃく》をした。

奥庭にみちている陽光も、何やら春めいてきたようだ。

この年、天明四年(一七八四年)の二月六日は、現代の二月二十七日にあたる。

「先生。その、わけというのを、お聞かせ願えませぬか?」

「どうあっても、いわなくてはいかぬか?」

「はい。それでないと、御返事の仕様がありませぬ」

「ふうむ……」

二千石の御目付衆《おめつけ》・松平伊勢守といえば、小兵衛は知らぬが、おそらく幕府高官の中でも、ひときわ目立つ存在といってよいだろう。

目付役は若年寄《わかどしより》の耳目となって、幕臣を監察するばかりでなく、その役目の範囲が、きわめてひろい。

規則・礼式の監察もするし、御用部屋からまわって来る種々の願書や建議書なども検討する。

そして、江戸城中の巡視、評定所への列席。

危急の事が起れば、諸役の活動を監視する。

この御役目の定員は十名だが、目付役の下には御徒《おかち》目付をはじめとして、十余の役職があり、合わせて三千余名の下役を抱えている。

そればかりではない。

すでにのべたが、御目付衆は、わが意見を直接に、将軍へ申し立てることができるという〔特権〕をもつ。

かほどに、隠れたる勢力をもつ御目付衆なのだが、しからば彼らを監察するものはだれか……ということになると、これは同役の御目付衆が、たがいに監視し合うのである。何と恐ろしい御役目ではないか。とても、なまなかの者にはつとまらぬ。御目付衆は、同役の者に失敗や欠点があれば、これを摘発して、どしどし蹴落《けおと》してしまう。

滝口彦右衛門は、江戸城の御用部屋にいて、老中の秘書官だったのだから、三年前までは御目付をつとめていた松平伊勢守のことを知らぬはずがない。

しかし、いかに旧師の問いかけがあったにせよ、天下の政事《まつりごと》の中核である御用部屋の秘密や、それに関《かか》わる御目付衆の言動を、あからさまに洩《も》らすわけにはまいらぬのであろう。

(むりもないことじゃ)

と、小兵衛はおもった。

こちらも、この時点で、すべてを滝口彦右衛門へ打ちあけることが憚《はばか》られた。

それに、いま、滝口が見せた冷厳な眼の光りが、小兵衛を怯《ひる》ませた。

「さようか。よく、わかった」

秋山小兵衛は微笑をして、うなずき、盃を手に取り、

「いまのはなしは、なかったことにいたそう」

「は……」

滝口彦右衛門は小兵衛の盃へ酌をしてから、いつものように、明るい、おだやかな

眼の色にもどって、

「秋山先生の御子息は、御老中・田沼様へ、お出入りをなされてでございますな」

「いかにも」

小兵衛の胸が、さわいだ。

息・大治郎が、田沼老中《ろうじゅう》の妾腹《しょうふく》の女《むすめ》を妻にしていることも、田沼邸内の道場へ稽古に出ていることも、すでに滝口はわきまえていた。

「先生。一つだけ、申しあげたいと存じます」

「む……」

おもわず、膝《ひざ》をすすめた秋山小兵衛へ、滝口彦右衛門がこういった。

「松平伊勢守殿を、おもいきって、罷免させましたのは、御老中・田沼主殿頭《とのものかみ》様でございます」

四

(田沼様が伊勢守《いせのかみ》を罷免《ひめん》させた。おもいきって……)

滝口彦右衛門《ひこえもん》の「おもいきって……」という言葉に、秋山小兵衛は深い意味を感じた。

「おもいきる……」という言葉には、あきらめる、断念する、または決断するという人間のおもいがふくめられている。

すると、田沼老中は、御目付衆・松平伊勢守に対し、右の存念をもって罷免したことになる。

田沼は、あきらかに松平伊勢守の御目付としての活動を、

（こころよく、おもっていなかった……）

ことになる。

それは何故か。

（わしが、そこまで思案をすることはない）

秋山小兵衛は、滝口屋敷を出て、湯島天神の男坂をのぼり、境内へ入り、拝殿にぬかずいた。

神だのみをするような小兵衛ではなかったはずだが、いまは、われ知らず、長い祈りをささげている。

滝口彦右衛門は、田沼老中と大治郎夫婦の関係を、あらためて小兵衛に念を押してから、件《くだん》の言葉を口にのぼせた。

いかにも、意味ありげではないか。

（滝口は、わしが知らぬことを、何か知っているのではないか？）

田沼意次《おきつぐ》は、いまや秋山小兵衛にとって、息子の嫁の実父なのだ。

近ごろの、田沼老中へ対する世評は、悪化するばかりであって、これには小兵衛も大治郎夫婦も胸を痛めている。

今年の正月、三冬が年頭の挨拶《あいさつ》に田沼屋敷へおもむいたとき、田沼意次は、

「これからの天下《てんが》は、いまの人びとがおもうてもみぬ様相になる。そのための備えをしようとおもえばこそ、わしも御用部屋にとどまっているのだが、なかなかに、うまく事が運ばぬ」

と、洩《も》らした。

そこで、三冬が隠退の時期が来ているのではないかと、おもいきって、すすめてみたが、意次は、

「天下の楫《かじ》を取る者が悪くいわれるのは、むかしからのことで、気にはしていない。なれど、疲れてきた……」

苦笑して見せたという。

小兵衛は、湯島天神から切通しの坂を横切り、不忍池《しのばずのいけ》のほとりへ出て、最寄《もよ》りの茶店へ入り、酒を注文した。

(滝口は、それとなく、わしに気をつけよと、いってくれたのではあるまいか?)

田沼老中と松平伊勢守について、それ以上のことを、滝口はいい出しかねていた。

小兵衛も、むりには問わず、辞去して来たのである。

松平伊勢守が、田沼意次に対し、罷免された恨みを抱いていたとする。その恨みをはらすために伊勢守が、

(何事かを、たくらんでいるとでもいうのであろうか……?)

たくらんだところで、天下の老中をどうすることもできまい。

けれども、六、七年前には、田沼の家来が密《ひそ》かに毒薬を入手し、田沼を毒殺しようとした事件があったし、油断はならぬ。

田沼老中を、権力の座から引き落そうとする大名や高官たちについては、すでに何度も書きのべて来た。

(ああ、今度ばかりは、手も足も出ぬわえ)

茶店を出た秋山小兵衛の足は、上野の広小路《ひろこうじ》の方へ向っている。

ときに、七ツ(午後四時)ごろであったろう。

小兵衛は広小路へ出て辻駕籠《つじかご》を拾い、橋場《はしば》の不二楼《ふじろう》へ立ち寄った。

「徳次郎。変りはなかったかえ?」

「へい。別に……四谷《よつや》の親分が先刻《さつき》、此処《ここ》へ顔を出しましたが、急用で、すぐに帰りました。明日は朝から見えなさるそうでございます」

「そうか。いずれにせよ、お前たちには迷惑をかけるばかりじゃ。すまぬのう」

「いえ、とんでもないことでございます」

小兵衛は、不二楼を出て、大治郎の道場へ帰った。

この日の大治郎は、田沼屋敷の稽古《けいこ》に出て、半刻《はんとき》ほど前に帰って来たばかりであった。

「父上。お帰りなさい」

「おお……」

「三冬が少し前まで、待っておりました」

「今日、来たのかえ」

「はい。夕餉《ゆうげ》の仕度をして行ってくれました」

三冬は小太郎と共に、おはるの実家に身を寄せているが、いつまでも、この状態を、

(つづけさせておくわけにもまいらぬ)

小兵衛は、あぐねきった顔つきになり、ぼんやりと茶をのんだ。

稽古の門人たちも帰り、夜の闇《やみ》が下りて来た。

大治郎は、部屋の火鉢《ひばち》へ鉄鍋《てつなべ》をかけて、

「この饂飩《うどん》は、母上が打ったものだそうです」

「ふうん」

鉄鍋に出汁《だしじる》をそそぎ、煮え立ったところへ、大治郎が手打ちの饂飩と、鶏肉《とりにく》、葱《ねぎ》を

入れる。

冷酒は茶わんでのむ。

旨《うま》そうな匂《にお》いが、鍋から立ちのぼってきた。

「のう、大治郎……」

「はい？」

「今日な、滝口彦右衛門を訪ねてみた」

「あの、以前は奥御祐筆《おくごゆうひつ》をつとめておられた……」

「さればさ」

と、秋山小兵衛が酒を一口のんで、今日の模様を包み隠さずに語り、

「このことを、お前は何とおもう？」

「はあ……」

大治郎は、さして気にもとめぬ様子で、煮え立った饂飩と鶏を口へ運んだ。

「旨い。父上。さ、いかがです」

「うむ」

何だか張り合いがない。

自分ひとりが心配をし、力み返っているような気もする。

「父上。酒を……」

「うむ」

「今日、久しぶりに、田沼様が道場へお見えになりましてな。父上によろしくつたえよとのことでした」

「さようか」

「その折、今年もまた、二月二十日の御供を、おたのみでした」

「二月二十日……？」

「去年も、私が御供をしたではありませんか」

「あっ……」

叫ぶのと同時に、小兵衛の左手から煮込みの饂飩をのせた小皿が落ちた。

「父上。どうなされた？」

ぽっかりと口を開けたままの、秋山小兵衛の表情が空間に凍りついたようになっている。

「父上……父上……」

「むう……」

小兵衛が、呻《うめ》くがごとく、

「わ、わかった……」

「何がです？」

「それだ。二月二十日じゃ。去年のことを、わしは、すっかり忘れていた」

五

南葛飾《みなみかつしか》の亀戸《かめいど》村に、長泉寺(浄土宗)という小さな寺がある。

老中・田沼主殿頭意次《とのものかみおきつぐ》は、毎年の二月二十日に、この長泉寺へおもむき、竹藪《たけやぶ》を背にした小さな墓に詣《もう》でるのを例とした。

もっとも、徳川幕府の首相ともいうべき権力の座にあり、政務に忙殺されている田沼意次ゆえ、毎年かならず、この墓参りができるというものではない。

ときには、二十日の当日に長泉寺へ行けぬこともあり、そのときは、月をあらため、同じ二十日の日に墓参りをしているらしい。

このときの田沼意次は、その前日に浜町の中屋敷(別邸)へおもむいて一泊し、翌朝、町駕籠《まちかご》をよばせて、これに乗って行く。

いまを時めく田沼老中には、このように気軽な一面があり、大名の中には、

「あまりにも、御手軽に過ぎると申すものじゃ」

苦々しげに蔭口《かげぐち》をきくものもいる。

こうした風評が耳へ入ると、田沼意次は事もなげに笑って、

「こればかりは仕様がない。何分にも、わしは八代様を見習うてまいったのでな」

と、いった。

〔八代様〕とは、八代将軍・徳川吉宗《よしむね》のことである。

徳川吉宗は、いわゆる〔御三家〕の一である紀州家から中央に迎えられて将軍となった人物で、年少のころには、

「撥馬《はねうま》（暴れ馬）の源六《げんろく》」

などと、異名をつけられていたそうな。

野性を好む徳川吉宗は将軍となるや、元禄《げんろく》以来、ゆるみきった武家の気風を、初代将軍・家康《いえやす》の時代にもどさなくては、逼迫《ひっぱく》した幕府財政を立て直すことができぬというわけで、みずから率先して粗衣粗食、倹約を励行して倦《う》まなかった。

その事蹟《じせき》については、ふれないでおくが、こうした将軍だけに、大好きな鷹狩《たかが》りをするときなどは、別段に〔触れ〕を出すこともなく、

「まいるぞ」

わずかに十数騎を従えたのみで、江戸城を飛び出して行く。

田沼意次は、この将軍に、

「竜助《りゅうすけ》よ、竜助よ」

愛されて、鷹狩りの御供にも出たことがある。

竜助とは、若き日の意次の名前で、前将軍・吉宗が死去した折、意次は、新将軍・家重《いえしげ》の〔御側《おそば》御用取次役〕をつとめていたそうな。

それにしても、いかに私的な墓参りとはいえ、何もわざわざ、町駕籠に乗って行かなくともよいではないか。

しかも、供は二人きりなのだ。

秋山大治郎は去年の二月二十日に、田沼意次から直《じ》き直きにたのまれ、供をした。前年まで、供をしていた西村助右衛門《にしむらすけえもん》が急病で死んだということもあったが、大治郎は田沼の家来ではない。

公私の区別にはうるさい田沼意次が、あえて大治郎に供をさせたのは、この機会に、むすめ三冬の聟《むこ》にあたる大治郎とゆっくり語り合いたかったのであろう。

果して、意次は去年で味をしめたらしく、今年もまた大治郎に供をたのんだ。

ことに、大治郎の口から、孫の小太郎のことを聞くのが、たのしみらしいのである。

秋山大治郎と共に供をするのは、田沼の家来で白井与平次《しらいよへいじ》といい、亡《な》き西村同様に剣術の達者であって、邸内の道場へは欠かさずあらわれ、大治郎の教えを受けている。齢《とし》は三十歳。無欲誠実の男であった。

ところで……。

去年の二月に、大治郎が亀戸行の供をたのまれたと聞いて、妻の三冬は浮かぬ顔をした。

　大治郎は、意外におもった。

（三冬は、きっと、よろこんでくれるにちがいない）

　そうおもっていたのだ。

「どうしたのだ？」

　いくら尋ねても、三冬は、

「いえ、別に……」

　事情を語らぬ。

（何かある……）

　不審におもいながら、その当日の前夜、大治郎は、浜町の田沼・中屋敷へおもむいた。

　田沼意次は、すでに中屋敷へ到着しており、秋山大治郎を居間へ招き、さまざまに語り合ったわけだが、ややあって、意次が、

「こたびのことについて、三冬は何と申していたかな？」

「はあ……」

「浮かぬ顔をしていたのではないか、どうじゃ？」

「はい」

「やはりのう」

「何ぞ、わけあってのことでありましょうか?」

「さよう」

田沼意次は、手短かに、その理由を洩《も》らした。

田沼氏の先祖は、下野国《しもつけのくに》から出ている。

それが、戦国も末期になって、紀州藩の家来となり、徳川吉宗が八代将軍となって紀州から江戸へ乗り込んだとき、これに従って江戸へ移って来たのが、意次の亡父・意行《もとゆき》であった。

田沼意行が死んだとき、意次は十五歳の少年にすぎなかったが、将軍・吉宗の気に入られ、十八歳になると主殿頭に任ぜられて吉宗の薫陶《くんとう》を受けた。

意次は、当時、まだ独身であった。

いまは亀戸の長泉寺に眠る女性《にょしょう》と田沼意次が、徒《ただ》ならぬ関係をむすんだのは、そのころだ。

この女性は名を峰《みね》といい、田沼氏先祖の地、下野国安蘇《あそ》郡の某村から江戸へのぼり、田沼屋敷へ侍女奉公へあがってい、意次より二歳の年上だったという。

ときに、田沼意次は九百石の旗本であった。

意次の父も、下野の郷士の娘を妻にして、意次をもうけたのだから、周囲の反対を

押し切っても、

「わしも、父のとおりに、峰を妻にしたいとおもうていた」

意次は、大治郎にそう語った。

そのうちに、峰は懐妊したが、

「母も子も、共に死んでしもうたのじゃ」

若き日の自分にとっては初めての女性であり、出産と共に、子もろともに死んでしまった哀れな峰を、田沼意次は忘れかねているのであろう。

後年、意次の妾腹《しょうふく》に生まれた三冬が浮かぬ顔をするのも、

「むりはないのじゃ」

と、意次はいった。

何となれば、三冬の亡母の命日には、かならず田沼から供物《くもつ》などが届くけれども、墓参まではせぬ。

そこが、三冬としては、おもしろくない。

「それにはまた、いろいろとわけもあるが……ま、今夜は、これほどにしておこうか」

田沼意次は、そういって、さびしげな笑いを見せたものである。

○

一瞬、蒼《あお》ざめた秋山小兵衛の顔へ、見る見る血がのぼってきて、

「大治郎。これはやはり、お前の命がねらわれているのじゃ」

「父上。何のことか、よくわかりませぬ」

「お前もねらわれているが、田沼様もねらわれている」

「何と申されます」

「その日は、来る二月二十日じゃ。ここまで申してもわからぬか」

「あ……」

はじめて、大治郎も父のいわんとするところに気づいた。

「去年、お前が御供して以来、田沼様は今年の二月二十日を、たのしみにしておられたにちがいない。お前が御供をすれば、曲者《くせもの》どもが田沼様を討つことはむずかしい」

もとより大治郎は、去年に田沼意次の供をしたとき、寸分の油断もしなかった。

意次が、わざと町駕籠を使用したり、供を二人にかぎって、人目に立たぬよう神経をつかっているのは、この墓参が、あくまでも私的なものだからである。

これを公《おおやけ》にしてしまうと、行列をつくらなくてはならぬ。それは意次が何よりもきらうところだ。

「田沼様を討たんがためには大治郎、先《ま》ず、お前を討たねばならぬ。お前を討つためにはなまなかの剣客では歯が立たぬ。そこで……」

いいさした秋山小兵衛が、右手に持っていた箸《はし》を叩《たた》きつけ、叫ぶように、

「そこで、かの波川周蔵がえらばれ、曲者どもに雇われたのじゃ!!」

このような昂奮《こうふん》状態に落ち入った父を、大治郎は、かつて見たことがない。

「大治郎。これ……」

「はあ」

「はあではない。よくも、おのれ、落ちついていられるな」

「父上。私は決して……」

「黙れ!! このところ、毎日のように、父や弥七《やしち》や徳次郎が苦労を重ねているのを、おのれは何と看《み》ていたのじゃ」

ついに小兵衛は、ヒステリックになってしまった。

「父上。ま、落ちついて下さい」

「黙れ、黙れ!!」

父子《おやこ》は、鉄鍋《てつなべ》を間にして、にらみ合いのかたちとなった。

裏の戸が、風に鳴った。

しばらくして大治郎が、しずかに箸を手に取り、

「父上。饂飩《うどん》が煮つまってしまいます」

と、いった。

いつもと少しも変らぬ、落ちついた声である。

「さ、父上……」

「う……」

小兵衛は目をみはって、大男の息子の顔を呆《あき》れたように見あげていた。

「父上。こうしたときこそ、落ちつかねばならぬと、私はおもいます」

剣客として、まさに正論である。

小兵衛は、言葉を失った。

「父上の御苦労に対しては、ありがたくおもっています。なれど父子の間で、このようなことを、いちいち口に出さずとも……」

「むう……そ、そうじゃな」

はずかしげに、小兵衛はうつむいた。

「それよりも、これからは何としても、父上の御助力がなくては切りぬけられませぬ。どのようにしたらよいものか……どうか御指図を願います」

大治郎は箸を置き、ちょっと身を引いてから両手を突き、父に頭を下げた。

秋山小兵衛は、

「ちかごろのわしは、どうかしている……」

もごもごと、口の中でつぶやいた。

血　闘

「波川殿。御足労をおかけした。例の一件について、打ち合わせをいたしたい」

「……………」

「来《きた》る二月十八日の夜……さよう、五ツ（午後八時）までに、此処《ここ》へ、おいで願いたい」

「心得た」

「その夜は、此処へ泊っていただかねばならぬ」

「泊って、つぎの日は、どうなさる？」

「それは、その折に申しあげる」

「つぎの日に、決行なさるおつもりか？」

「さて……それがしにも、そこのところは、よくわからぬ。何事も伊勢守《いせのかみ》様の御指図を待たねばなりませぬ」

「なるほど」

「ともあれ、波川殿は当日、秋山大治郎《だいじろう》ひとりに立ち向っていただきたい。他の者は、われらにて討ち取り申す」

「他の者……秋山大治郎のほかに、何者を討たれるのか？」

「それがしの口からは申されませぬな」

「他の者は何名でござるか？」

「さよう……二人でござる」

「すると、秋山をふくめて三名ですな？」

「さよう。そのほかに、町駕籠《まちかご》の駕籠舁《か》きが二人。これも、われらが討ち取ります。わけもないことだ」

「ふうむ……で、場所は？」

「それは、決行の当日、われらが手引きをいたす」

こういったのは、小田切平七郎である。

小田切と向い合っているのは、波川周蔵であった。

此処は、奥沢村の九品山《くほんざん》・浄真寺に近い、例の家だ。

この日の朝、碑文谷《ひもんや》にある萱野《かやの》の亀右衛門《かめえもん》・別宅へ、小田切の使いの者があらわれ、波川周蔵へ〔蔭日向二つ巴《かげひなたふたどもえ》〕の紋を朱墨で描いた手紙をわたした。

内容は、簡短なもので、この日の七ツ（午後四時）に、奥沢村の家へ来てもらいたいと、したためてあった。

差出人の名は書いてないが、筆跡は、まぎれもなく、松平《まつだいら》伊勢守のものだと、波川周蔵には、よくわかる。

「小田切殿」

「何でござる？」

「当日、首尾よく、事が終った後は何とします？」

「おまかせありたい」

「どのように、おまかせすればよいのか？」

「いまのままで、よろしゅうござる」

「いまのまま？」

「さよう。何事も起りませぬゆえ、安心なされ」

と、小田切平七郎は、二度三度とうなずいて見せてから、

「そのためには、何としても、波川殿に秋山大治郎を仕留めていただかねばならぬ。よろしゅうござるな？」

「他の者は？」

「われらにて充分」

「では、これにて……」

「来る十八日でござるぞ。お忘れなきように」

一

波川周蔵の亡父・波川吉之助《きちのすけ》は、松平伊勢守勝義《いせのかみかつよし》の用人であった。

旗本の用人といえば、大名の家老のようなもので、主人に代っての外向きの交際から、家来・奉公人の束ねをする。申すまでもなく、その責任は重い。

波川吉之助は、祖父の代から松平家に仕えていたのだそうな。

子は、周蔵ひとりである。

周蔵が十七歳になったとき、父の吉之助は急死してしまった。

もともと、波川吉之助は脆弱《ぜいじゃく》の体質であって、それを、当人は他人の目にわからぬよう、気を張りつめ、一日もやすむことなく、精励をつづけてきたのが悪かったのであろう。

或《あ》る夜、突然に苦しみ出したかとおもうと、たちまちに悶絶《もんぜつ》し、そのまま息絶えて、四十二歳の生涯《しょうがい》を終えた。

妻のたかは、まだ三十七歳で、わが子の周蔵を抱え、未亡人になったわけだ。

それはさておいて……。

父が死去するまでの波川周蔵は、幸福であった。

男子は、生母の体質を受けつぐといわれている。

周蔵の母・たかは大柄《おおがら》な健康な女で、周蔵もまた幼少のころから体格がすぐれていた。

しかも、主人の松平伊勢守に愛され、

「周蔵には、剣術を仕込みたい」

と、伊勢守は、湯島五丁目に一刀流の道場を構えていた金子孫十郎信任《かねこまごじゅうろうのぶとう》の許《もと》へ入門させた。

このとき、波川周蔵は十歳の少年にすぎなかった。

それから、父が死ぬまでの七年間に、周蔵がどのような剣士になったかというと、これまで、彼についで書きのべてきたことをもってみても容易にわかることだ。

生まれながらに周蔵は、剣士としての素質をそなえていたといってよいだろう。

将来は、父の跡をついで松平家の用人となるわけだし、主人の伊勢守は、周蔵の成長ぶりに目を細めており、周蔵が十六歳になると、自分の家来たちを裏庭へあつめ、

「周蔵に、稽古《けいこ》をつけさせよ」

と、命じたほどだ。

松平伊勢守には、右京勝信《うきょうかつのぶ》という跡つぎがいる。

いや「いた……」と、いわねばなるまい。

何となれば、松平右京は、一昨年の夏に病死してしまったからだ。

これまた、病弱な生母（伊勢守夫人）の体質を受けついだのであろうか。

松平伊勢守には、他《ほか》に子がない。

夫人の孝子《たかこ》は、十年ほど前に死去している。

こうした場合、伊勢守が側室（第二夫人）をもうけ、子を産ませるのが、武家の世界では常套《じょうとう》といってよい。

跡つぎの子がなくては、家が絶えてしまうからだ。

病弱の妻子をもつ伊勢守が、立派な体格をしている波川周蔵へ、目をかけたというのも、うなずけないことではない。

また反対に、わが子がおよびもつかぬ周蔵を憎むということも考えられる。

だが、伊勢守が周蔵を見まもる眼《め》の色はあたたかく、その成長と将来に、

「望みをかけていた……」

ことは、たしかなことであった。

その伊勢守の心は、当然、少年の周蔵の胸に通じる。

剣の道へすすむようになってからは、周蔵も密《ひそ》かに、

（父上が、もう一人いるような……）

おもいがしていたのである。

周蔵の父・波川吉之助が死んだとき、松平伊勢守は二十九歳であった。

そのころは、跡つぎの右京もいたし、夫人の孝子も寝込んでいたわけではない。

伊勢守は、侍女に手をつけるようなことをせず、ひたすら、御役目に精励していた。

当時の伊勢守は、まだ御目付《おめつけ》になってはいない。

中奥御番衆の一人であったそうな。

さて……。

松平伊勢守が、未亡人となった、周蔵の母たかに手をつけたのは、いつのことであったろうか。

たかは、夫の吉之助が亡《な》きのち、伊勢守の奥向きの女中の束ねをするようになった。

何といっても、元用人の妻だったのだから、打ってつけの役どころといってよかった。

そのうちに、伊勢守の手がついた。

周蔵がそれと知ったのは、十九歳になってからだが、それ以前から、母と主人の伊勢守は徒《ただ》ならぬ仲となっていたのである。

たかは、大柄な、肉感的な女であったが格別の美女というわけではない。

伊勢守が、好色から手をつけるのだったら、もっと若くて美しい侍女が何人も屋敷内にいる。

また、先行きにそなえ、子を産ませるつもりならば、やはり若い女が適当なのはいうまでもない。

そうしたことをせずに、たかを抱き、たかもまた抱かれたのは、双方の胸と胸に通い合うものがあったからだ。

たかは、伊勢守の手がついてからも、自分の役目にはたらき、夜は、いかに遅くなっても、わが子の周蔵が待つ、屋敷内の用人長屋へ帰って来たものだ。

しかし、こうしたことが、わからずにすむわけがない。

ついに、周蔵の耳へも、殿様と母とのうわさが入って来た。

周蔵は周蔵なりに、熟考した。

すぐさま、母をうらみ、殿様をうらむ感情がわいてこなかったのである。

これは、幼少のころから、伊勢守を、父とも想《おも》って慕い、病身の父をたすけ、自分の育成に心身をかたむけてくれた母への愛を、深く感じていたからである。

周蔵は、黙っていた。

うわさを、聞かぬことにした。

母も黙っていた。

伊勢守も、黙っていた。

それでいて、周蔵は、母の心も伊勢守の気持ちも、すべてがわかるようにおもえた。

このときの体験が、波川周蔵を無口にしてしまったのやも知れぬ。

周蔵の妻の亡父ではないが、

「人の言葉などというものは、いくら積み重ね、ひろげてみたところで、高が知れている……」

このことであった。

たかと、伊勢守との間には、子が生まれなかった。

生まれていたら……いや、生まれたときには、伊勢守から改めて周蔵へ、たかとの関係を打ちあけるつもりであったろう。

すでにのべたごとく、このままの状態がつづいていたら、二千石の旗本の家ではめずらしいことでもなく、うわさも、間もなく熄《や》んだことだし、波川周蔵も松平屋敷を飛び出すようなこともなかった。

用人の役目は、古い家来の川内《かわうち》某がつとめていて、周蔵が、しかるべき年齢に達したとき、これに替り、亡父の役目を引きついでいたはずだ。

ところが……。

突然、周蔵の身に異変が起った。

それは、伊勢守と母とのうわさが周蔵の耳へ入った翌年の春のことで、波川周蔵は二十歳になっていた。

二

その日の朝のことを、周蔵は、いまも忘れていない。

朝も暗いうちに目ざめたのだが、理由もなく気が滅入《めい》って、臥床《ふしど》から出るのが面倒であった。

いつもならば、すぐさま湯島五丁目の金子道場へ向う周蔵であるが、この朝は、どうにも気がすすまない。

「周蔵殿。何をぐずぐずしているのです。躰《からだ》のぐあい、いいでもいけませぬのか?」

周蔵の弁当をつくり終えた母が、何度か周蔵へよびかけても起きて来ないので、部屋へ入って来た。

「いいえ、別に……」

「どうかなされたか?」

「何でもありません」

ほんとうに何でもないのだから、いつまでも寝ているわけにはまいらぬ。

「毎日の、お稽古《けいこ》が過ぎるのではないかえ?」

母が心配そうにいう。

「さようなことはありません」

これも、事実だ。

波川周蔵にとって、剣術の稽古が、おもしろくてたまらぬときであった。

それはつまり、日毎《ひごと》に、自分の技倆《ぎりよう》がすすむことを、自分で感じはじめた時期だったからである。

たとえ一日でも、稽古をやすむなどということを、周蔵は、おもってもみなかった。

それだけに、この朝の、自分の気の重さが、周蔵には不可解であった。

後になっておもえば、周蔵の予感がはたらき、この日の難儀を知らせていたのやも知れぬ。

結局、周蔵は松平屋敷を出て、重い足取りで金子道場へ向った。

「波川。今日は、どうかしたのではないか?」

と、師の金子孫十郎にもいわれたし、同門の剣士たちも、いつもとは別人のように、気が乗らぬ周蔵の稽古ぶりを見て、

「おかしいな」

「躰を、こわしたのではないか……?」

などと、ささやきかわしていたようである。

周蔵も、

(ああ……こんなときに、いくら稽古をしても実《み》にならぬ)

自分の気の重さをもてあまし、いつもよりは早目に稽古を切りあげ、昼の弁当をつかってから間もなく、金子道場を出た。

湯島の金子道場から、駿河台《するがだい》の松平屋敷は、

「目と鼻の先……」

といってよいほどの近間《ちかま》である。

この日も、周蔵が、まっすぐに松平屋敷へ帰れば何事もなかったろう。

だが、いかにも時刻が早かった。

(また、母上に何かいわれても面倒な……)

周蔵は、上野の不忍池《しのばずのいけ》のあたりから山内をひとまわりして気を晴らし、それから帰邸するつもりになった。

桜花《はな》も散った晩春の曇り日で、風は絶えていたが、妙に蒸し暑い。

弁当と稽古着を入れた風呂敷包《ふろしきづつ》みを手に、波川周蔵は、先《ま》ず、湯島天神へ詣《もう》でてから、切通しを横切り、不忍池のほとりへ出た。

異変は、このときに起った。

擦れちがった二人の侍が、

「こら、待てい!!」

引き返して来て、周蔵へ詰めよった。

擦れちがったとき、周蔵の刀の鞘《さや》の鐺《こじり》が、自分の鞘に打ちあたったというのだ。

「無礼者め。ゆるさぬぞ!!」

なるほど、いわゆる〔鞘当て〕は無礼とされているが、周蔵は気がつかなかった。

気分が重く沈んでいた所為《せい》もあったろう。

侍たちは、見るからに勤番者（主人の出府に従って江戸へ出て来た、大名の家来）らしく、言葉づかいに何処《どこ》やらの訛《なまり》がある。

「さようか。それは相すまぬことでした」

と、周蔵は、苦笑を浮かべつつ、頭を下げた。

「何じゃ、何がおかしい!!」

「若僧のくせに、不埒《ふらち》千万」

「おい。これ、いま何で笑った?」

「こやつ。徒《ただ》ではすまぬぞ!!」

さすがに周蔵も、むっとして、

「ならば、どうしたらよいのだ」

「うぬ!!」

江戸の若い侍が自分たちを莫迦《ばか》にしたとおもったか、いきなり、一人が抜き打ちに周蔵へ切りつけてきた。いまどき、江戸の市中で、鞘当てゆえの決闘など、あまりにも古めかしい。

(まさか……)

と、おもっていただけに、周蔵は飛び退《しさ》って躱《かわ》したが躱しきれず、左の肩先を浅く切り裂かれた。

「たあっ!!」

たたみかけて、侍が二の太刀を真向から打ち込んできた。

本能的に、風呂敷包みを手放した波川周蔵の腰からも、大刀が疾《はし》り出た。

もしも、抜き合わせていなかったら、周蔵はあの世へ旅立っていたろう。

勤番侍の打ち込みをはらいのけ、飛びちがって振り返りざま、周蔵は気合声も発することなく、相手の左頸《ひだりくび》すじの急所を切りはらった。

ぴゅっと、血が飛んだ。

勤番侍は白い眼をむき出し、崩れるように伏し倒れた。

このあたりは、不忍池の西側で、池のほとりには人影もない。

(斬《き》った……)

人を斬殺《ざんさつ》したのは、いうまでもないが初めてであった。

波川周蔵の五体が、一瞬、瘧《おこり》のようにふるえた。

倒れて、息絶えた勤番侍の死体の向うに、連れの侍が立っている。

侍は、羽織をぬぎ捨てながら、

「な、名乗れ」

と、喚《わめ》いた。

この侍は、前の侍より手強《てごわ》かった。

○

二人の勤番侍を斬って殪《たお》してから、波川周蔵は自分が何処で何をしたか、よくおぼえてはいない。

二人目の侍を斬殺してしまったときには、彼方《かなた》の木蔭《こかげ》から、通行人の目が、いくつも周蔵を見ていた。

(し、しまったことを……)

周蔵は、松平伊勢守《いせのかみ》という大身旗本を主人にもつ身である。

それが、おそらくは何処その大名の家来にちがいない侍を、二人も斬殺したとなれば、このままではすまぬ。

自首すれば、主人の顔へ泥《どろ》を塗ることになる。

(腹を……腹を切らねばならぬ)

気がつくと、波川周蔵は、小石川・富坂の源覚寺という寺の裏の雑木林にいた。

夜に入ってから、周蔵は松平屋敷へもどった。肩の傷の血は止まっている。

この時刻に帰邸することも、めずらしくなかったし、着物についた血を、うまく隠していたので、門番に怪しまれることもなく自分の長屋へもどった。

母は、屋敷の奥から、まだもどってはいない。

このところ、伊勢守の奥方が病気になってしまったので、母は、夜もおそくまで奥に詰めている。

血がついている衣服を着替え、髪をととのえてから、周蔵は伊勢守へ目通りを願い出た。

五ツ前だったから、伊勢守は、まだ寝所へ入っていない。すぐに、伊勢守の居間へ通された。

「周蔵。いかがしたぞ?」

周蔵の顔を見るや、伊勢守は、たちまちに異変を感じたらしい。勘のはたらきが、人一倍にすぐれている松平伊勢守であった。

「実は……」

周蔵が語るにつれて、伊勢守は何度も、うなずきをあたえていたが、語り終えるや、

「周蔵。逃げよ」

即座に、いった。

「いえ、私は、腹を切りまする。なれど、このことを、殿様のお耳へ入れることなく腹切ったのでは、のちのち、さぞ、御不審に……さようおもいましたので、一応は、帰ってまいりました」

「このようなことで、お前が死ぬことはない。何処の大名の家来か知らぬが、将軍《うえさま》おわす江戸の城下で、そのような難癖をつけたほうが悪い」

「………」

「で、稽古着などの包みは、そのままか？」

「はい」

「稽古着に、名前なぞを、しるしてあったか？」

「ございませぬ」

「よし」

伊勢守は、手文庫から、五両ほどの金を出して、周蔵にあたえた。

二千石の旗本ともなれば、自分の一存で金の出し入れはできぬ。たとえ五両にせよ、何かのときの急用にとおもい、手許《てもと》にあったのは伊勢守なればこそだ。

金の出し入れは、用人に命じなくてはならぬ。

「後に、金をとどける。これを持って、すぐさま逃げよ。母には会うな。なまじ、会わぬほうがよい。わしから、よくつたえておこう」

それから伊勢守は、今後の連絡の方法を波川周蔵につたえ、

「さ、早く裏門から逃げるがよい。後の事は案じるな」

と、いった。

周蔵は、自分の長屋へはもどらず、そのまま、松平屋敷を出た。

三

そのときから、十七年の歳月がながれ去っていた。

十七年の歳月は、波川周蔵と、松平伊勢守《いせのかみ》を別人のごとく変えてしまった。

それにもかかわらず、双方をむすびつけている一筋の糸が、つい先ごろまで、切れないでいたのは、周蔵の母が、いまも松平邸内の奥にひっそりと暮しているからであった。

周蔵の母は、発狂してしまっている。

松平伊勢守は、夫人が死去した十年ほど前に、

「もはや大丈夫じゃ。帰ってまいれ」

と、連絡の場所を通じ、周蔵へ声をかけてよこした。

けれども、そのとき、すでに波川周蔵は、晴れて松平屋敷へ帰れる身の上ではなくなっていたのだ。

香具師《やし》の元締・萱野《かやの》の亀右衛門《かめえもん》との関係も生じていたし、その他にも殺傷の事件を何度も引き起してしまっている。

松平屋敷を出てからの、波川周蔵の行く道が屈折しはじめたのは、

(おれは、剣をもって、天道を歩めぬ身となってしまった……)

何といっても、この一事であったろう。

周蔵の母が、徐々に狂いはじめたのは、息子の帰邸に希望をつなげなくなったからであろうか。

おそらくそうだろうが、それ以前からの苦悩が積み重なっていたにちがいない。周蔵は、母が発狂したことを知らぬ。伊勢守が、これを告げぬからだ。

松平伊勢守と波川周蔵との間をむすんでいた、ただ一つの場所は、麹町《こうじまち》一丁目に住む弓師の加藤弥兵衛《かとうやへえ》の家である。

弥兵衛の元の名は、福井多七《ふくいたしち》といい、松平家に仕える若党であった。

これが、松平屋敷へ出入りをしていた先代の加藤弥兵衛にのぞまれ、入り婿《むこ》となり、

間もなく先代が死去したので、三代目の加藤弥兵衛となったわけだ。

加藤弥兵衛は、若党のころから松平伊勢守に目をかけられていたし、用人をつとめていた波川吉之助《きちのすけ》からも信頼されていたほどの男であった。

波川周蔵が、つい先ごろまで、加藤弥兵衛に連絡を絶やさなかったのは、松平屋敷にいる母のことをおもえばこそだ。

母も、いまは、六十に近くなっている。

当時の人の定命《じょうみょう》が五十だとすれば、いつ何どき、母の身に変事があっても、ふしぎではない。

その後の松平伊勢守が、御目付に就任し、江戸城内で羽振りをきかせていたらしいことは、加藤弥兵衛を通じ、波川周蔵の耳へも入っていた。

(なれど、あれほどに変っておられようとは……)

おもわなかった。

奥沢村の、怪しげな家で、十七年ぶりに会った松平伊勢守は頭巾《ずきん》もとらず、事もなげに、

「人ひとり、あの世へ送ってもらいたい」

と、いいはなった。

むかしの伊勢守には、考えられぬことである。

（もっとも、伊勢守様のことを、とやかく言えたものではない。このおれの変りようはどうだ。到底、十七年前の周蔵ではない）

浅草から、高田《たかた》へ移転したとき、加藤弥兵衛方へ連絡をとらなかったのは他意あってのことではない。

そのうちに、知らせるつもりだったのだが、それよりも早く、松平伊勢守には周蔵が必要となった。

そこで、浅草の永久寺方へ連絡をとってみると、高田のほうへ引き移ったことがわかった。

平山・松崎の二浪人が、小田切平七郎の指令を受け、波川周蔵の腕を試すことになったのは、それから間もなくのことであった。

波川周蔵は、妻の静との間に、八重という女子をもうけて以来、萱野の亀右衛門をはじめとする闇《やみ》の世界から離れようとしていた。

この世界へ、いったん、足を踏み入れたなら容易に身を引けるものではない。

大金をもらって、人を殺《あや》めるという仕事がどのようなものか……それは周蔵のような男でなくてはわからぬことだ。

ただ、周蔵は、

「この世にあっては、善人が迷惑する……」

ような男たちだけを斬殺《ざんさつ》してきたつもりであるけれども、それは、いいわけにも何もならぬ。

悪の世界の義理と、秘密をまもる双方の信頼が、これまで、周蔵を生きのびさせてきた。

これを裏切ることはできぬが、周蔵は、長い年月をかけて、血なまぐさい泥沼から足を抜こうとしていた。

それには先《ま》ず居所《いどころ》を隠し、自分が行方知れずになってしまわねばならぬ。

(ぜひとも、八重のために、そうしなくてはならぬ)

しかし、ついに、事は今日に至った。

伊勢守に発見された周蔵は、秋山大治郎を討つことに同意したのである。

そして……。

いよいよ、決行の日がせまってきた。

四

二月十八日の朝も遅くなって……。

碑文谷《ひもんや》の、萱野《かやの》の亀右衛門《かめえもん》・隠宅で目ざめた波川周蔵が、留守番の老爺《ろうや》・為吉《ためきち》をよ

び、

「今日、私が出て行った後に、この手紙を萱野の元締へわたしてもらいたい」

昨夜のうちに、したためておいた手紙を、為吉へわたし、

「たのむぞ」

「へい。それで、あの、お帰りはいつになりますので?」

「さよう。二、三日後になるだろう」

「えっ。今日は、お帰りがないので……?」

為吉は、不安げに、周蔵の顔を見まもったが、周蔵は眉《まゆ》の毛の一筋もうごかさなかった。

「ちょと、遠方にいる縁類の者を訪ねるのでな」

「さようでございますか」

あくまでも、然《さ》りげない周蔵の態度に、為吉は納得が行ったようだ。

このところ、朝の例となっている白粥《しらかゆ》に梅ぼし、大根の香の物の朝餉《あさげ》をすませてから、波川周蔵は奥の一間《ひとま》へ引きこもり、戸《と》棚《だな》を開け、細長い鬱金《うこん》の包みを出した。

包みの中は刀箱で、その中におさめてあった和泉守国貞《いずみのかみくにさだ》二尺五寸余の銘刀を取り出した周蔵は、しずかに抜きはらって、凝《じっ》と刀身に見入った。

刀の手入れは、昨夜のうちにすませてある。

先日の打ち合わせで、小田切平七郎は周蔵に、いつものように、

「秋山大治郎ひとりに立ち向っていただきたい。他の者は、われらにて討ち取り申す」

と、念を入れた。

他の者とは、駕籠舁《かごか》きをのぞいて二名だといった。

(その二名とは、何者なのか?)

二人のうちの一人は、どうも、町駕籠に乗っているらしい。

すると、秋山大治郎は、町駕籠に乗っている人を護《まも》り、何処《どこ》ぞへ行くのであろう。

(どうも、そうらしい)

秋山大治郎ほどの達人がいては、駕籠の中の人を討つことがむずかしい。

(それで、伊勢守《いせのかみ》様は自分を呼び出した……)

このことだ。

(駕籠の中の人とは、もしや……もしや、老中《ろうじゆう》・田沼主殿頭《とのものかみ》様ではないのか?)

先日来、周蔵の脳裡《のうり》から、このことが消えぬ。

世間のうわさによると、田沼主殿頭意次《おきつぐ》は、まことに気さくな人柄《ひとがら》らしく、面会を請《こ》う多くの人びとに対してもまるで、膝《ひざ》をまじえるようにして語り合うという。老中になる前は、家来も一人か二人連れたのみで、巷《ちまた》を微行することなど、めずらしくは

なかったと聞いている。

そうした人ゆえ、老中になったからとて、あまり他人に知られたくない私事《わたくしごと》ならば、町駕籠を使うことも考えられぬことではない。

それのみではない。

周蔵に、秋山大治郎を、

「斬《き》れ」

と、命じたのは、ほかならぬ松平伊勢守なのだ。

伊勢守が御目付《おめつけ》の役目を免ぜられたことは、弓師・加藤弥兵衛から聞いている。

これは、あきらかに、老中・田沼意次が裁断を下したのであろう。

(もしやして、伊勢守様は、そのことを怨《うら》みにおもっているのではあるまいか……)

自分が、松平屋敷に住み暮していたころの伊勢守勝義《かつよし》ならば、到底、考えられぬことであったが、去る日、十七年ぶりに会った伊勢守の変貌《へんぼう》をおもうと、

(伊勢守様は、その怨みをはらそうとしておられる……)

ように、おもえてならない。

老中・田沼意次の世評は、近ごろになって悪化するばかりである。

ゆえに、松平伊勢守は、おのれの怨みを、

(田沼を暗殺すれば、天下《てんが》の為《ため》になる)

そのように、転化してしまったのではあるまいか……。

その日の午後。

波川周蔵は、和泉守国貞の大刀を腰に、編笠《あみがさ》をかぶり、亀右衛門の隠宅を出て行った。

五

翌十九日の午後になって、波川周蔵は小田切平七郎と共に旅仕度をして、奥沢村の隠れ家《が》を出た。

昨十八日に、周蔵が隠れ家へ到着をすると、すでに、小田切は待ち受けていた。

夕餉《ゆうげ》は、隠れ家ですませた。

給仕に出たのは、若い侍である。

あきらかに浪人ではない。周蔵が知らぬ顔だが、松平伊勢守《いせのかみ》に仕えている家来なのやも知れぬ。

そのほかにも、何人かの人の気配がしたけれども、周蔵の前へあらわれたのは、この侍のみだ。

しかし小用に立ち、廊下へ出ると、何処からか自分を見張っている者の気配を、周蔵は感じた。

五ツごろになると、若い侍が周蔵の臥床《ふしど》の用意をするために入って来た。

「伊勢守様には、お変りありませぬか？」

周蔵が、こころみに尋ねてみると、若侍はこちらを見たが、無表情のままで、こたえもせず、臥床の仕度を終えると、無言で一礼し、立ち去って行った。

入れかわりに、小田切平七郎が入って来て、

「明日の出立《しゅったつ》は遅いので、今夜は、ゆるりとおやすみなされ」

こういって、簡略な旅の仕度を入れた乱れ箱を置き、

「明日は、これを身につけていただきたい」

「旅へ出るのでござるか？」

すると、小田切は薄く笑い、かぶりを振って見せてから、

「すべては、それがしに、おまかせありたい。これは、伊勢守様の御指図でござる」

「…………」

「あなたが、こころよく引き受けて下されたので、伊勢守様は、大変におよろこびでござる」

「さようか……」

小田切は「では……」と、軽く目礼をしてから部屋を出て行った。

翌日の午後、波川周蔵は新しい下着を身につけ、小田切が用意をした野袴《のばかま》をはき、小荷物を肩へ斜めに背負い、浅目の編笠《あみがさ》をかぶり、草鞋《わらじ》ばきで隠れ家を出た。

小田切も同様の旅姿で先に立ち、ゆっくりと歩をすすめる。

二人が夕暮れどきに到着したのは、本所《ほんじょ》の三ツ目橋の北詰、緑町の東の角地にある〔加納屋《かのうや》〕という小さな宿屋であった。

小田切が加納屋へ先に入り、ややあって、三ツ目橋の袂《たもと》に立っていた波川周蔵をさしまねいた。

周蔵と小田切平七郎が、加納屋の二階奥の部屋へ旅装を解いたころ、江戸城を下って来た老中・田沼意次《おきつぐ》の行列は、神田橋《かんだばし》・御門内の本邸へは入らず、まっすぐに日本橋・浜町の中屋敷(別邸)へ向った。

そのころ……。

田沼本邸内の道場で、稽古《けいこ》を終えた秋山大治郎は、いつもの姿で本邸を出ると、田沼の行列とは別の道をとり、これまた、浜町の田沼家・中屋敷へ向ったのである。

この日は、朝から冷気がきびしかったが、風はなく、空は晴れわたってい、大治郎が中屋敷へ入るころには、明日の好天を約束するかのような星空となった。

田沼意次を中屋敷へ送りとどけた行列は、すぐさま本邸へもどって行く。

本所・緑町の加納屋では、波川周蔵と小田切平七郎が夕餉の膳《ぜん》に向っている。

依然として、二人きりであった。

小田切は「われら……」といった。すると、まだ別に、何人かの刺客《しかく》がいるのだろうが、此処《ここ》へは顔を見せない。

その刺客たちは、別の場所から来て、小田切と周蔵に合流するのであろうか。

(はて……?)

おそらく、襲撃の場所は、この近くなのだろう。

それにしては、腑《ふ》に落ちぬ。

さすがの波川周蔵も、田沼意次が若いころの恋人の墓参をするとは、考えおよばなかった。

(町駕籠《まちかご》の中の人は、田沼老中ではないのか……田沼が、このあたりへ町駕籠へ乗って、ひそかにあらわれるというのは、どうもおかしい)

だが、周蔵は小田切へ何も問いかけようとはせぬ。

いずれにせよ、波川周蔵の肚《はら》は、すでに決まっていた。

六

南葛飾《みなみかつしか》の亀戸《かめいど》村の外れに、香取大神宮という古跡がある。

この社《やしろ》の祭神は経津主命《ふつぬしのみこと》というのだそうで、藤原鎌足《ふじわらかまたり》公の勧請《かんじょう》だと、つたえられているほどだから、よほどに古い社なのであろう。

本社は藁《わら》屋根の鄙《ひな》びたものだ。

何でも、香取大神宮のあたりは、遠いむかしのころ、海の中の離れ小島だったともいう。

香取大神宮から東へ少し離れた松林の中に、長泉寺はあった。

深い竹藪《たけやぶ》に沿った道から一段低く、窪地《くぼち》のようになったところに茅《かや》ぶき屋根の本堂があり、墓地は本堂の裏手になっている。

あたりに、人家はほとんど無い。

道に沿った土塀《どべい》と山門は、ほかならぬ田沼意次《おきつぐ》の寄進によるものであった。

二月二十日の、この朝、例年のとおりに、日本橋・浜町の田沼家・中屋敷から出た町駕籠《まちかご》は、家来の白井与平次と秋山大治郎の二名のみが供につき、さしわたしにして一里半ほどの長泉寺へ向った。

ときに、六ツ半（午前七時）である。

そのころ、すでに、小田切平七郎がひきいる刺客は、長泉寺に近い竹藪の中に集結していた。

むろんのことに、この中には波川周蔵、平山・松崎の浪人ふたりがふくまれている。

その他に五名の浪人がいた。そのうちの二人が、手槍《てやり》を持っている。

前夜、緑町の加納屋へ一泊した小田切と周蔵が、今朝早く加納屋を出て、この場所へ来ると、すでに、平山と松崎は、他の浪人たちを連れ、小田切と周蔵が来るのを待っていた。

ここではじめて、平山と松崎を見た波川周蔵は、去年の暮れに、高田《たかた》の馬場の近くで自分を襲った二人の顔をおもい出し、

(なるほど。あのときは、自分の腕だめしをしたのか……)

と、わかった。

平山と松崎は、周蔵に目礼し、笑って見せた。

周蔵は、うなずき返したのみだ。

刺客は合わせて八名だが、別に二名いて、これは、浜町の屋敷を出る田沼老中の町駕籠を見とどけているはずであった。

その中の一人が、竹藪の中へ走り込んで来たのは、五ツ半(午前九時)前である。

「小林、どうだ?」

と、小田切平七郎。

「屋敷を出ました。やがて、此処《ここ》へまいりましょう。山口は、まだ駕籠についておりますが、間もなく、これへ」

「よし」

小田切はうなずき、ふところから灰色の布を出し、顔を覆《おお》った。

一同も、これにならい、羽織をぬぎ、襷《たすき》をかけまわす。袴の股立《ももだち》をとる。

中には竹製の水筒の水を口へふくみ、大刀の柄《つか》へ吹きかける者もいた。

竹藪の奥深い場所だし、外からは、まったく目につかぬ。

何処かで、しきりに雀《すずめ》が囀《さえず》っている。

小田切が、小林浪人へ、

「秋山大治郎は、駕籠の前か、後ろか？」

「後ろに、ついております」

小林は大治郎の顔を知らぬが、総髪《そうがみ》の、剣客ふうの髷《まげ》と、その巨体を見れば、たちどころにわかったはずだ。

「よろしいか、波川殿。すでに何度も申したとおり、あなたは、秋山大治郎ひとりを目ざしていただきたい」

周蔵は、覆面の顔で、大きくうなずいて見せた。

小田切は、刺客たちに向って、

「人目はないようなものだが、ぐずぐずしてはいられぬ。電光石火に始末してしまうのだ。よいな」

一同は、自信ありげにうなずいた。

しばらくして、もう一人の見張り（山口浪人）が竹藪の中へ入って来た。

「間もなく、これへ」

と、山口浪人は小田切平七郎へ告げ、襲撃の身仕度にかかった。

小田切は、竹藪の中をゆっくりと歩みはじめつつ、波川周蔵へ、

「秋山大治郎を、駕籠へ近づけぬよう、たのみ申す」

念を入れた。

周蔵が、うなずく。

「一太刀というわけにもまいるまいが、あなたなら大丈夫だ」

「…………」

「こちらは、すぐに始末がつく。そうなれば、秋山へ総がかりいたす」

「…………」

無言だが、いちいち、周蔵はうなずいて見せる。

その態度に、小田切平七郎は、周蔵をたのもしくおもったらしく、振り向いて、周蔵の手をにぎりしめ、

「こたびの事は、天下《てんが》のためにするのでござる」

と、いうではないか。

（やはり、田沼意次の暗殺だ）

波川周蔵は直感した。

刺客たちは、竹藪の中を少しずつ、長泉寺の方へ近寄って行った。

七

長泉寺への道は、山門が近くなるにつれて、やや道幅がひろくなる。

といっても、二間《にけん》ほどであろうか。

道の右側が松林、左側が竹藪《たけやぶ》で、その道へ、田沼家の中屋敷を出た町駕籠《まちかご》がさしかかったとき、

「それっ」

小田切平七郎が、唸《うな》るような声で襲撃の合図をした。

刺客たちは、伏せていた竹藪から身を起し、一斉《いっせい》に襲いかかった。

駕籠舁《か》きは問題にならぬから、三名の相手に対し、十一名の刺客である。

それが、この狭い場所をえらんで襲いかかったのは、駕籠舁きをもふくめて、

「一人《いちにん》たりとも、逃してはならぬ」

と、松平伊勢守《いせのかみ》が指示をあたえたに相違ない。

町駕籠の行手に、長泉寺の土塀が見えはじめたときに、躍り出た刺客四名が、駕籠の行手へ立ちふさがった。

平山と松崎、それに三名の刺客と小田切平七郎が駕籠を目ざし、突進することになっていた。

そして、波川周蔵は、秋山大治郎の背後へ出て襲いかかるという手筈《てはず》だ。

竹藪の中から刺客たちが躍り出るや、駕籠舁きは悲鳴をあげ、駕籠をほうり出し、松林の中へ逃げ込んだ。

そのときである。

大治郎の背後へまわるかと見えた波川周蔵が、和泉守国貞《いずみのかみくにさだ》の銘刀を抜きはらいざま、身をひるがえし、何と小田切平七郎へ斬《き》りつけたではないか。

「わあっ!!」

小田切の左腕が肘《ひじ》のあたりから切断され、血飛沫《ちしぶき》と共に落ちた。

よろめいた小田切の躰《からだ》を、周蔵は体当りに撥《は》ね飛ばしておいて、駕籠舁きを追わんとする平山浪人の右頸《けい》部《ぶ》を斬りはらった。

「おのれ!!」

竹藪の中へ転げ込んだ小田切は、おもいもかけぬ事態に、なすことを知らぬ。

一方、駕籠の行手に立ちふさがった四人の刺客のうちの一人が、これも松林へ逃げ

た駕籠舁きを追いかけるのへ、白井与平次が、

「曲者《くせもの》!!」

われから、駕籠傍《わき》をはなれて立ち向った。

秋山大治郎は、どうしたろうか……。

これまた、刺客たちが襲いかかったとき、駕籠傍をはなれて後方へ飛び退《しさ》り、羽織をぬぎ捨てざまに抜刀している。

大治郎は、すでに襷《たすき》をかけまわしていた。

白井も大治郎も、町駕籠の中の人などはどうでもよいとでもいうような対応ぶりなのだ。

それにしても、波川周蔵が小田切と平山を斬ったのには、大治郎もおどろいたろう。

すべては、一瞬のことで、同時に、道へほうり出された町駕籠へ、他の刺客たちが襲いかかったのはいうまでもない。

刺客ふたりが、駕籠の中へ手槍《てやり》を突き入れた。手ごたえはなかった。中の人は、駕籠が地につくかつかぬかに向う側へ転げ出ていたのである。

小柄《こがら》なその人は、転げ出ると同時に撥ね起き、まるで天狗《てんぐ》のように宙へ飛びあがった。

田沼意次《おきつぐ》ではない。

秋山小兵衛であった。

「ああっ……」

おどろき、あわてる刺客たちの頭上へ、町駕籠を飛び越えた小兵衛の躰が落ちてきたかと見る間に、

「鋭!!」

腰を沈めた小兵衛の抜き打ちに、刺客の一人が絶叫をあげて殪《たお》れた。

刺客たちにとっては、もう、何が何だかわからぬことになってしまった。

秋山大治郎は、松崎浪人の側面へせまる。

「うぬ!!」

松崎が、あわてて振りかぶった大刀を打ち下さんとするとき、大治郎は右足《うそく》を踏み込みざま、松崎の右脇《みぎわき》を斬りあげた。

「あっ……」

よろめいた松崎は、真向から大治郎の二の太刀を浴び、転倒した。

幅二間の道いっぱいの斬り合いとなったが、乱れ立ったのは刺客たちで、左腕を切断された小田切平七郎は血を振り撒《ま》きつつ、竹藪の奥へ逃げ込んだ。

波川周蔵は腰を沈め、刺客の一人を廻《まわ》し斬りに斬って殪し、小田切を追って竹藪へ飛び込む。

秋山小兵衛は一人を斬って、白井与平次をたすけるため前方へすすみ、逃げ腰になった刺客一名を斬り殪した。

「だめだ」

「逃げろ」

生き残った三人の刺客の声があがり、彼らは刀を引き、死物狂いで長泉寺の方へ逃げて行く。

白井与平次も、松林の中で、刺客一名を殪し、道へ出て来た。

「どうやら、片づいたのう」

秋山小兵衛が、こういって大刀をぬぐい、鞘《さや》へおさめた。

あたりに、殪れた刺客たちの血のにおいがたちこめている。秋山父子《おやこ》は狭い場所での斬り合いだけに返り血を浴び、凄《すさ》まじい姿になっていた。

この血闘は、それこそ「あっ……」という間に終っている。

小田切や刺客たちにとっては、おもいもかけぬ逆転であった。

波川周蔵が、この期《ご》におよんで寝返るとは……。

さらに、秋山父子がそろったのでは、どうにもならぬ。

こうなると狭い場所は、刺客たちにとって不利をきわめた。

このとき、竹藪の中から、波川周蔵が小田切平七郎を捕えてあらわれた。

小田切は出血と衝撃とで、ほとんど虚脱しており、周蔵に抱きかかえられていたが、周蔵の手をはなれると、竹藪と道との間の土の上へ崩れるように蹲《うずくま》ってしまった。

「波川周蔵殿……」

秋山小兵衛が目をみはって、

「この仕儀は？」

叫ぶように問いかけた。

波川周蔵は、一歩退って、

「秋山先生の御子息に刃向うことはできませぬ。そのようなことをいたしましたら、稲垣忠兵衛《いながきちゆうべえ》老人を裏切ることになります」

「ふうむ……それでは、彼奴《きやつ》らに加担したと見せかけ、せがれの危急をおたすけ下されたのか？」

「御子息を、おたすけするなどとは、もってのほかの僭越《せんえつ》でござる。私には、それなりの仕儀あって、このようにいたしたまで。それにしても、その町駕籠の中に秋山先生がおられようとは、おもいもよりませなんだ」

周蔵は、平山浪人と刺客の一人を斬って殪したとき、町駕籠の向う側から、秋山小兵衛が宙へ飛びあがったのを見てとり、小兵衛が田沼老中に替って駕籠へ入っていたことを知るや、

（もはや、大丈夫……）

そこで、小田切平七郎を追ったのである。

周蔵が、この日まで、小田切一味に加担したと見せかけてきたのは、旧主・松平伊勢守が、町駕籠の中の、だれをねらっているのか、それをたしかめたい一念であった。

生母が、いまも伊勢守の世話を受けているからといって、秋山大治郎を斬るような周蔵ではない。

（また、おれに斬れたか、どうか……おれが斬られていたやも知れぬ）

ともかくも、これで、すべてがわかった。

いまの松平伊勢守は、周蔵が慕っていた伊勢守ではなくなっていたのである。

かつての伊勢守ならば、自分が手をつけた女（周蔵の母）のことを持ち出して、

「周蔵。おのれの、母がことを忘るなよ」

と、義理で縛りつけ、周蔵には理由もわからぬ秋山大治郎暗殺を命じることなど、決してしなかったろう。

周蔵にとっては、おもいもよらぬ所業といわねばならぬ。

生母のことは見捨てても、大治郎を襲うような波川周蔵ではなかった。

老友・稲垣忠兵衛の言葉によって、周蔵は、秋山父子の人柄をよくのみこんでいたのだ。

(母上も、このような、おれをゆるして下さるだろう)

波川周蔵は、小田切平七郎を指して、

「この者を、お取り調べなさるがよいと存じます」

いうや、秋山父子へ一礼し、さっと竹藪の中へ姿を消した。

「あ……お待ちなさい」

声をかけて追わんとする大治郎へ、秋山小兵衛がこういった。

「追うな。それよりも、その男に血止めをしてやれ」

八

五日後の朝。

松平伊勢守《いせのかみ》は、深川の別邸において切腹をした。

その翌々日の午後に、秋山父子は田沼意次《おきつぐ》の招きを受け、神田橋《かんだばし》・御門内の田沼本邸へ出向いた。

田沼意次は、松平伊勢守の切腹と、小田切平七郎が或《あ》る程度の自白をしたことによって、

「なるほど」

納得をしたが、これまでと同様に、あえて松平伊勢守への探索をしなかった。

それのみか、小田切へは、

「傷が癒《なお》りしだい、おのれが好むところへ行くがよい」

と、自分の言葉をつたえさせている。

近年の田沼老中《ろうじゅう》が、身辺の危険に対し、無防備であることを家臣たちが心配をしても、意次は、

「自分を暗殺しようとする者があらば、いかに備えをしても防げるものではない」

取り合おうとはせぬ。

このため、今度も、松平伊勢守の陰謀は闇《やみ》から闇へほうむり去られたといってよい。

伊勢守は、小田切平七郎が捕えられたと知って、自決の覚悟をしたのやも知れぬ。

「それにしても秋山先生。こたびは、先生のおかげをもって、意次、生きのび申した」

と、田沼意次は小兵衛へ頭を下げた。

「いや、これは、すでに、お耳へ達しました波川周蔵と申す剣客のおかげやも知れませぬ」

「波川のう……」

「おもい出されませぬか？」

「それが、まったく、おぼえなき名前なのじゃ」

「ははあ……」

「そも、何者であろう」

田沼意次は、このたびの陰謀が、前に何度かあったように、一橋家の当主で、徳川の〔御三卿《ごさんきょう》〕の一人である徳川治済《はるさだ》や、政敵・松平越中守定信《えっちゅうのかみさだのぶ》の暗躍のもとにすめられたとはおもっていなかった。

「これは、松平伊勢守一個の怨《うら》みであろう」

と、いった。

「いや何、秋山先生……」

「は……?」

「松平伊勢守勝義《かつよし》は、家柄もよく、むかし、中奥御番衆を相つとめていたころは、誠実無類の人物にて、意次も、たのもしくおもうていたのじゃが……」

「なるほど」

「それが、御目付《おめつけ》となって年を重ねるにつれ、大分に、人柄が変ってまいった」

「それは、何ぞ理由《わけ》あってのことでございましょうか?」

「さて……」

意次は、盃《さかずき》の冷えた酒を口へふくみ、しばらく考え込んでいたが、

「御目付という御役目柄、伊勢守が相応の権力をもつようになってまいったのは当然なれど、それに溺《おぼ》れるような人《じん》には見えなかった……なれど、しだいに、同役の御目付衆にて、おのれの邪魔になるような者を蹴落《けお》とし、諸方へ手をのばして、政事《まつりごと》向きのことにも大きな関《かか》わりをもつようになってのう」

「さようでございましたか」

「うむ。それが、意次の意にかなってくれるようなれば、こちらもたのみにしたのじゃが、どうも、利権の道へ踏み入って、芳《かんば》しくないことになってまいった」

「ははあ……」

「どうして、あの伊勢守が、そのようになったのか……不審でならぬ。跡つぎの男子が病弱にて、それも二年ほど前に死去したそうな。室（夫人）も、すでに、この世の人ではないと聞いている」

「ほかに、子は？」

「それがない。どのようなつもりなのか、わからぬ。ま、跡つぎの子が亡《な》くなったのは二年前のことゆえ、これより先のことは、伊勢守にも、しかるべき存念があったとおもわれるが……なれど秋山先生。この意次も、いよいよ伊勢守の隠れたる専横を見逃しておくことができなくなった」

「…………」

「そこで、三年前に、おもいきって伊勢守勝義を御役目からしりぞけたのじゃ。こたびのことは、その怨みから出たものであろう。何分にも、近ごろの意次の評判は殿中にても悪くなるばかりでのう」

意次の顔に苦笑が浮かんだ。

「おのれの怨みも怨みであろうが、一つには、この田沼を討てば、天下のためになると、さようにおもったのでもあろうか……」

この田沼意次の言葉は、約一ケ月後に現実のものとなった。

すなわち、この年の三月二十四日、しかも江戸城内において、意次の長男で若年寄《わかどしより》の重職に在った田沼山城守意知《やましろのかみおきとも》が殺害される。

犯人は、幕臣の佐野善左衛門《さのぜんざえもん》という者で、これも原因がわからぬ。

このとき、同じ若年寄をつとめる大名たちがいても、ただもう逃げまどうばかりで、ようやく、七十歳の老人である大目付の松平対馬守《つしまのかみ》が、血刀を手に暴れまわる佐野へ飛びついて取り押えた。

この事件を機に、老中首座・田沼意次の威勢は急激におとろえ、二年後には、老中を免ぜられ、ついで、領地二万石を没収されることになる。

さすがの田沼意次も、秋山小兵衛も、一ケ月先の異変を予見することはできなかった。

けれども、田沼意次は、一種の予感めいたものを感じていたものか、秋山大治郎に向って、

「これより先、この意次の身は、どのようになるか知れたものではない。三冬《みふゆ》と……三冬と孫の小太郎《こたろう》がことを、くれぐれもたのみましたぞ」

満面に微笑をたたえながらも、声音《こわね》は沈痛に、そういったのである。

九

それから一年後の天明五年（一七八五年）となった、秋の或《あ》る日のことだが……。

麴町《こうじまち》一丁目の、弓師・加藤弥兵衛《やへえ》宅を訪れた一人の浪人があった。

波川周蔵である。

加藤弥兵衛は五十を五つ六つは出ていよう。瘦軀《そうく》長身の、品のよい老人で、周蔵を、すぐさま奥の居間へ通し、

「伊勢守《いせのかみ》様のことを、お聞きになりましたか？」

「腹をめされたとか……」

「二千石の御家も、取り潰《つぶ》されてしまいました」

加藤弥兵衛は、一年前の、松平伊勢守自決の真相を知っていないし、まして、あの

ときの異変に、波川周蔵が関わっていたとは、おもいもよらぬ。

「亡《な》くなる二年ほど前から、伊勢守様は、妙な剣客を、お側《そば》に近づけたりしていたようでございましてな」

「ふむ……」

妙な剣客とは、おそらく、小田切平七郎をさすのであろう。

「すっかり音沙汰《おとさた》もなく……周蔵さまは、何処《どこ》においでだったので？」

「すまぬ」

波川周蔵は、頭を下げた。

旅姿ながら、身につけているものも小ざっぱりと、髪もととのえ、血色もよい周蔵の顔を、つくづくとながめやりながら、

「それにしても、よくまあ、お見え下さいました」

弓師・弥兵衛が、深いためいきを吐いた。

「実は、弥兵衛どの。いまになって、このようなことを尋ねるのは、まことに面目もないが……これには、いろいろと事情《わけ》があって……」

いいよどむ周蔵を、弥兵衛がなぐさめるように、

「そのように、私へのお気づかいは無用でございますよ」

「弥兵衛どの……」

「はい」

「あの、母は……母は、その後、どうなったであろうか?」

「この家《や》の二階におられますよ」

「ええっ……」

これには、周蔵もおどろいた。

「ま、まことか?」

「密《ひそ》かに、引き取ってまいりました」

「弥兵衛どの。かたじけない」

波川周蔵は両手を突き、

「ここまで、面倒をかけてしまって、まことに……」

「私が、かようにいたすのは、当り前のことでございます。あなたのお父様には、ずいぶんと可《か》愛《わい》がっていただきました」

「すまぬ。相すまぬ」

「さ、御案内いたしましょう。なれど、御存知やも知れませぬが、お母様は、御病気なのでございますよ」

「それは、知らなんだ」

「やはり、伊勢守様は、あなたに黙っていたのでございますな。実は、私も、黙っているようにと、伊勢守様に申されまして、それゆえいままで……」

「では、長い間の……？」

「はい。お気が狂われてしまいました」

周蔵が、茫然《ぼうぜん》となった。

やがて……。

二人は、二階の奥の小部屋へあがって行った。

周蔵の母のたかは、縫い物をしていたが、部屋へ入って来た二人を見るや、空虚《うつろ》な視線を向けた。

たかは狂っている。

暴れたり、喚《わめ》いたりはせず、静かに狂いの度を深めつつあるようだ。

「は、母上……」

周蔵が呼びかけると、たかは、にっと笑い、すぐに縫い物をつづけた。傍に人なきがごとく、ただ一心に針を運ぶ。

「縫い物が、お好きでございましてなあ」

と、加藤弥兵衛。

大柄《おおがら》だった母の、一まわりも二まわりも小さく縮まった躰《からだ》を見まもる波川周蔵の両《りょう》眼《め》から、見る見る熱いものがふきこぼれてきた。

○

半刻《はんとき》(一時間)後に、弓師の家の裏手へ町駕籠《まちかご》がよばれた。

裏口から、周蔵に手をとられて出て来た母は、いささかも抵抗をせず、駕籠の中へ入った。

「これなれば、私の妻にも、世話ができましょう。まことに身勝手ではあるが、これよりは周蔵を母と共に暮させていただきたい。お願い申す」

と、波川周蔵は弓師・弥兵衛にたのんだ。

弥兵衛に、否《いな》やはなかった。

「いまは、どちらに、お住まいなので?」

その、弥兵衛の問いに、周蔵は、

「相州、藤沢の外れに……」

と、こたえた。

藤沢ならば、東海道を江戸から十二里十二丁。おそらく周蔵は品川から駕籠を替えながら、母と共に東海道を上るつもりなのであろう。

母の荷物は、手まわりの物だけを風呂敷《ふろしき》に包み、周蔵が手に持った。

「ゆっくりと、泊りを重ねて、お連れなさるがようございます」

「わかりました。いずれ……さよう、来春には、あらためて御礼に出ます」

「周蔵様。でも、こうして、あなたが見えたので、ほんとうによかった。よかった」

「はい」

見送る弥兵衛夫婦に、深々と一礼して、波川周蔵は狂った母が乗る町駕籠につきそい、歩みはじめた。

午後の空は高く晴れわたり、鳥が渡っている。

どこやらの庭から、菊の香がただよっていた。

解説

常盤新平

池波先生がエッセーで「ぼくは」と書くのは珍しい。かならずといってよいほど「私は」である。

先生の自選随筆集『私が生まれた日』（朝日文芸文庫）を読んでいて、そのことに気がついた。「タバコを売る少女」という二ページたらずの一編で、先生は「ぼく」なのである。

先生が年に一度、卒業した小学校のある下町へ出かけてゆく話だった。その町に子供のころから住み暮らしている五人の同級生と夕方から酒を飲むのである。その夏（昭和五十年ごろだろうか）もこの集まりがある料亭へ出かけてゆき、近所の文房具屋兼煙草《たばこ》屋でハイライトを買った。

先生はお会いするたびに、ちがう煙草を喫《す》われていたが、当時はハイライトだったようだ。喫う煙草の銘柄《めいがら》がきまっていた時期があったことになる。

その文房具屋兼煙草屋で先生にハイライトを売ってくれた少女は、その春に上京したらしい、健康そのものの、化粧の香りもない田舎娘だった。彼女の言葉には「雪ふかい国のなまり」があった。

そして「ぼく」が煙草の代金を払っているとき、大通りを軽自動車が疾走してきて、水たまりの泥水《どろみず》をズボンにはねかけた。すると、煙草屋の少女は奥に駆けこんで、濡《ぬ》れたタオルを持ってくると、先生のズボンの泥を親切に拭《ふ》きとってくれたのである。

その翌年、同じ集まりに出かけたときも煙草屋に寄ってみた。煙草を持ってこなかったのだ。一年前の少女はまだいるかという興味もあった。

彼女は煙草ケースの前の椅《い》子《す》にすわっていた。人ちがいかと思うほどに口紅が濃い。それにこすりつけたようなアイシャドー。以下引用すると——

「ハイライトをくれないか」と、ぼくがいうと、少女が舌うちをして、こういった。

「ハイライトはもうないんです。ピースじゃいけませんか」

「だって、下のほうに二つ三つあるじゃないか、ハイライト」

「ええ、でも……」

「出せないのかね？」

「下の底のほうだから、出すのがめんどうくさいんです」

このエッセーを読んだとき、私は『鬼平犯科帳』㈠の一編「本所《ほんじょ》・桜屋敷」を思い出した。長谷川平蔵と剣友の岸井左馬之介《さまのすけ》が競いあった美少女が、数十年たって昔の面影《おもかげ》などひとかけらもない、盗賊の一味になった女を描いた、『鬼平犯科帳』のなかでも五本の指にはいる作品だろう。

「本所・桜屋敷」はこのシリーズの第一作である。これを読んで、池波ファンになった人がきっと多いはずだ。作者はこの第一話で読者の心をしっかりとつかんだのである。

ついで、「剣客《けんかく》商売」の『暗殺者』を私は思いうかべた。人は変るのである。金をもらって人を殺す波川周蔵にしても、他人のことを「とやかく言えたものではない。このおれの変りようはどうだ。到底、十七年前の周蔵ではない」と思っている。

剣ひとすじだった秋山小兵衛《こへえ》もあるとき豁然《かつぜん》と女体を好むようになって、「このごろのおれは剣術よりも女のほうが好きになった」と言って、二十五歳になる息子の大治郎をびっくりさせた。大治郎が大原の里の辻平右衛門《つじへいえもん》のもとへ修業に出かけた七年後、小兵衛は四谷《よつや》の道場をたたんで、鐘《かね》ケ淵《ふち》に隠棲《いんせい》し、おはるを妻にする。

女武芸者だった佐々木三冬は男を男と思わぬじゃじゃ馬だったが、いまや大治郎と小太郎の良妻賢母になっている。

「剣客商売」のシリーズはこのように人が変りゆくさまを描いてきた。

大治郎や三冬は成長をつづけ、小兵衛はいよいよ融通無碍《ゆうずうむげ》になり老いを楽しんでいる。少なくとも傍目《はため》にはそのように見える。

しかし、年来の友、内山文太《ぶんた》の死は小兵衛にとって大きなショックだった。そのショックが『暗殺者』にまで尾を引いている。それで、「剣客商売」では二作目の長編にあたる『暗殺者』を十数ページで読むのをやめて、「夕紅《せきこう》大川橋」にもどってみた。前作『波紋』の最後の作品である。

内山文太は小兵衛の「かけがえのない」親友だった。小兵衛より十歳年上で、辻平右衛門道場では同門である。人柄がおおらかで、小兵衛が辻道場の跡を預っていたころは、ここで剣術を楽しんでいた。

小兵衛は「剣客商売」番外編である『黒白《こくびゃく》』では、波切八郎との真剣勝負を内山にだけは打明けているし、立合人を頼んでいる。内山はまた小兵衛とお貞《てい》の婚儀の仲人《なこうど》をつとめた。お貞が病没したときも、おはると共に隠宅をかまえ、道場を閉じたときも、内山の一方ならぬ世話になっている。

おはるが小兵衛の家へ女中としてはいったのも、内山の口ききによるものだった。内山文太もまたかねがね「秋山さんのおかげで、わしの今日があるのだよ」と語っていた。

しかし、内山には小兵衛にも話していない秘密があった。若いころに弟の妻と不義をはたらき、女子をもうけたことである。

小兵衛がこの秘密を知ったとき、その娘のお清《きよ》と、お清の子のお直にも危機が迫っていた。もちろん、小兵衛は母と娘、そして四十年来の友を救うのだが、内山文太は急に呆《ぼ》けて、まもなく死ぬ。

この訃報《ふほう》を駒形堂《こまかたどう》裏の料理屋〔元長〕で聞いた小兵衛は、「内山文太の死顔は見たくない」と言って、料理屋を飛びだし、浅草広小路《ひろこうじ》から大川橋《おおかわ》〔吾妻《あずま》橋〕へ向かう。橋上は折から喧嘩《けんか》がはじまっていた。土地《ところ》の無頼どもが七人、短刀《あいくち》を振りかざして、大混乱になった。

小兵衛はそのまっただなかにはいっていって、無頼の七人をあっというまに退治してしまう。この老剣客がこのように我を忘れたような挙に出ることはまずなかった。「剣客商売」のシリーズではおそらくはじめてのことだろう。

「剣客商売」がはじまってから、小兵衛は多くの親しい人の死に遭ってきた。浅野幸《こう》右衛門《えもん》、熊五郎《くまごろう》、嶋岡《しまおか》礼蔵……。だが、小兵衛もさらに年齢をとり、内山文太を失った痛手は大きかった。

『暗殺者』は冒頭で、『黒白』の波切八郎を連想させる浪人・波川周蔵を紹介したのち、小兵衛の近況を伝える。

内山文太の死によって受けた衝撃は大きく、しばらくの間は、小兵衛も外出《そとで》をやめ、隠宅へ引きこもってばかりいて、おはるや、息《そく》・大治郎《だいじろう》夫婦を心配させ、小兵衛もまた、冗談ともつかぬ口調で、

「おはる。こりゃあどうも、近々《ちかぢか》、わしも文太さんのところへ行くことになるやも知れぬなあ。昨夜も、文太さんが、夢に出て来てな……」

「いやですよう、そんな……」

「こっちは気楽で、いいところだから早くおいでなさいと、わしを手まねきするのじゃ」

「そんなことをするはずがねえですよう、あのお人が……」

「いや、ほんとうだ」

たしかに小兵衛はそういう夢を見たかもしれない。けれども、二人の会話には、例によって小兵衛が若い妻をからかっているようなところがある。

作者もまたこのころは、病魔におかされることなど思ってもいなかったはずだし、執筆活動もさかんで、十四冊目のこの「剣客商売」が刊行された昭和六十年（一九八五）には、『まんぞくまんぞく』を週刊誌に、『秘伝の声』を新聞に、それぞれ連載している。

小兵衛が友を失ったかなしみから立ちなおったのは、牛込の早稲田《わせだ》町に住む、酒と女が大好物の横山正元《しょうげん》が、内山文太の孫娘で、谷中《やなか》いろは茶屋の妓だったお直《なお》と結婚したことが一つの救いになったからだろう。小兵衛は正元宅を訪ねて一泊し、遅い朝飯を馳走《ちそう》になってから、穴八幡《あなはちまん》を経て高田《たかた》の馬場《ばば》のほうへ歩いてゆく。

お直は正元の妻になりきっていた。血色もよくなり、見ちがえるほど元気になった。正元さんの子供が産めるかもしれないと小兵衛は思う。これなら「安心をして、成仏《じょうぶつ》をするがいい」と、内山文太に胸のうちで呼びかける。

このとき、小兵衛は異変を目撃するのである。二人の浪人が一人の素手の浪人を襲う。襲われた浪人に小兵衛は見おぼえがあった。春と夏に大治郎の家の近くの真崎《まさき》稲荷社《いなりしゃ》の門前で見かけたのだ。

小兵衛は孫の小太郎を抱え、浪人も四、五歳の愛らしい童女の手を引いていた。浪人は着ながしで、小兵衛と同じく脇差《わきざし》一つを帯しているにすぎない。左の小鼻傍に黒子《ほくろ》がある。

この男が波川周蔵であることを小兵衛は知るよしもない。しかし、浪人の体格を見て、槍《やり》か刀のかなりの遣い手だとたちどころに見抜く。

波川周蔵が大治郎殺害を依頼されたこともむちろん小兵衛は知らない。だが、周蔵に対してすでに好意を抱いている。真崎稲荷社の門前で、波川周蔵が童女といっしょであるのを目にしたとき、小兵衛は「可愛《かわい》い、お子じゃな。この近くに住んでおられるらしい」と見た。

『暗殺者』は「剣客商売」のシリーズのなかでも、作者がストーリーテリングの妙を発揮した長編である。物語は天明四年（一七八四）の師走《しわす》にはじまり、年が明けて、小兵衛は六十六歳、おはるは二十六歳になっている。大治郎は三十一歳、三冬はおはると同じだから、二十六歳。ちなみに、波川周蔵は年が明けて三十七歳。

秋山小兵衛は仕掛人ともいうべき波川周蔵に好感を持っている。はたして波川周蔵は秋山大治郎殺害を引き受けて、それからどうするのか。作者はこの長編をどのように収束するのか。池波先生は変りゆく人たちを描きながら、腕によりをかけて、読者の一人である私を唸《うな》らせたのである。

（平成八年八月、作家）

この作品は昭和六十年一月新潮社より刊行された。

剣客商売《けんかくしようばい》十四《じゆうよん》 暗《あん》殺《さつ》者《しや》

新潮文庫 い-17-14

平成十五年二月十五日 発行
平成二十年六月三十日 十四刷

著者 池《いけ》波《なみ》正《しよう》太《た》郎《ろう》
発行者 佐藤隆信
発行所 株式会社 新潮社
郵便番号 一六二―八七一一
東京都新宿区矢来町七一
電話 編集部(〇三)三二六六―五四四〇
読者係(〇三)三二六六―五一一一
http://www.shinchosha.co.jp
価格はカバーに表示してあります。
乱丁・落丁本は、ご面倒ですが小社読者係宛ご送付ください。送料小社負担にてお取替えいたします。

印刷・二光印刷株式会社 製本・憲専堂製本株式会社
© Toyoko Ikenami 1985 Printed in Japan

ISBN978-4-10-115744-3 C0193